親鸞聖人出家得度時の無常詠歌の謎

中路孝信

法藏館

推薦の辞

このたび、中路孝信先生が『親鸞聖人出家得度時の無常詠歌の謎』をご出版されましたこと、大変有難く嬉しく存じ上げます。また、多くの史料を通して研究成果を公表されましたことに対して、心からお祝い申し上げます。

親鸞聖人の著述の中では、和讃(和語讃嘆)は多くありますが、和歌(詠歌)は全くないと言われます。しかしながら、今日いろいろな過程を経て、親鸞聖人の和歌と言われるものが数多く見られます。その中でも、無常を述べる「明日ありと思ふ心のあだ桜夜半に嵐の吹かぬものかは」(あすありとおもふこころのあだざくらよはにあらしのふかぬものかは)が注目されます。

私はかつて龍谷大学在職中に「蓮如上人と御詠歌」(『真宗学』第九三号、平成八年一月)を執筆中の折、『御文章』二帖目第八通(『真宗聖教全書』第三巻、四六三頁)の脚注に、「あすみんとおもふこゝろはさくら花よるはあらしのふかぬものかは」の和歌を見つけました。

早速、親しくしていました土井順一教授(平成一三年一月ご逝去)に連絡して、一緒にこの和歌が所蔵されている新潟県上越市寺町にある真宗大谷派の本誓寺（元別院）へ伺いました。第九代実如御門主の署名と花押のある『七帖御文章』第四冊目に「アスミントオモフコ、ロハサクラ花ヨルハアラシノフカキモノカハ」（文明七年〔一四七五〕二月二十五日）と書かれていました。

蓮如上人には三百首以上の和歌がありますが、この出家得度と同じ和歌は他に見あたりません。『真宗聖教全書』記載の和歌と本誓寺所蔵の『御文章』記載の和歌を比較しますと、仮名表記と結句の一部が異なっていました。このことから、後の出家得度の和歌の研究にも大きく関連してきました。土井教授や中路先生の所属された研究談話会をはじめ、多くの分野で研究発表がされてきました。

本誓寺の和歌は『真宗史料集成』第二巻「蓮如とその教団」と『浄土真宗聖典全書』第五巻相伝篇下「蓮如上人和歌集成」等にも記されています。

末筆ながら、中路先生の今後のご活躍を心から念じ上げます。

合掌

令和五年（二〇二三）八月

浄土真宗本願寺派勧学・龍谷大学名誉教授　林　智康

親鸞聖人出家得度時の無常詠歌の謎　＊　目次

第二章　新展開　蓮如上人の詠歌と諸伝——45

〈カバー・表紙図版〉
『命乃親』より

親鸞聖人出家得度時の無常詠歌の謎

総説　親鸞聖人出家得度時の詠歌

あすありとおもふこころのあだざくら（明日ありと思ふ心のあだ桜）
よはにあらしの吹かぬものかは　　（夜半に嵐の吹かぬものかは）

この無常を表した詠歌は、親鸞聖人が出家を希望されたものの、許可が遅れて日も暮れかけたため翌日に延引されようとした時に、聖人が歌を詠んで戒師の慈鎮和尚慈円僧正に訴えたことによって急遽夜に入って剃髪の儀式が執り行われたといういわれを持つ有名な詠歌であったが、親鸞聖人が歌を詠まれたことはないと思われることから、検証が求められてきたのが近時の傾向であった。

この歌がいつ頃からどのように伝わり、どう変化したのか。本書は、親鸞聖人在世の時代から八〇〇年、蓮如上人で五〇〇年という歴史の中にうずもれている事実を丹念に探し求め問いかけられた大学教授の問いに答える形式で検証結果を求めたため、複雑で多岐にわたる難解な記述になった。

暗闇の中を謎解きしていくため、まずはこの総説で検証の内容がどのようなものであるか概要を理解した上で、その詳細について読み進めていただきたい。

一　親鸞聖人出家得度時の無常の詠歌はとりかえられた

私が「明日ありと……」の詠歌の研究に取り組んでから四半世紀を超えた。龍谷大学の土井順一教授と林智康教授が、越後（新潟県）高田（旧高田市・現上越市）の旧笠原別院・本誓寺に存する高田本『御文章』（『御文』、本願寺第八代蓮如による消息）の「十劫邪義章」に書き込まれた「アスミントオモフコ、ロハサクラ花ヨルハアラシノフカキモノカハ」を調査し、これが親鸞聖人の出家得度時の詠歌とされている歌のもとであったのではないかと問題提起され、その共同研究に畏友・浅井成海氏の推薦を得て私は参加したのであった。

一般的に、浄土真宗の開祖親鸞聖人が出家得度に際して無常の詠歌を詠まれて、明日得度を行うと決められたことに対して、無常の理《ことわり》を述べられたことによって急遽その日の夜に入って剃髪の儀が執り行われたということが喧伝され、今も本願寺では得度に際して戸を閉めて夜の儀式に擬して行われており、長年の習慣になって染みついているのである。どのような経緯でこの伝承が今に伝わってきたのか。

『御文章』に書き込まれた詠歌が、蓮如上人の頃から本願寺に伝わっていたのだろうとの予測は簡単に推定されるものの、誰が作ったものであるかという傍証もない。致し方なく、地道に伝承の糸口を探っていたところ、浄土宗の聖典、在家勤行式『命乃親』のなかにこの詠歌があり、「念仏草紙」にも見いだすこともあって、他から流入したのではないかとも考えた。そのような時、詠歌の研究のため架蔵してあった、『釈教歌詠全集』第三巻（河出書房、一九三四年）をあらためて紐解いたところ、「蓮如上人の詠歌」が紹介されていることを発見。この中に、「あすみんと……」の詠歌を紹介した註に、

親鸞上人が得度の折に、「明日ありと思ふ心は桜花夜半に嵐の吹かぬものかは」と古歌を口ずさみたりと伝へらる。此歌は彼より脱化せるものなり。（二〇五頁）

と、同全集編者の禿氏祐祥・橋川正両氏によって、認められている事実を発見し、共同研究のなかで公表した。

親鸞伝の専門家たる二人の学者が、親鸞聖人の口ずさみとされたものが伝わり、それからの「脱化」と明らかに書いておられることから、本願寺ではこれを蓮如上人が本歌取りをなさったと受け止め、すでに『浄土真宗聖典全書』五「相伝篇下」（本願寺出版社、二〇一四年・「御文章集成」八四、三三四頁）に記載され、蓮如上人の詠歌と認められている。

両氏が古歌の存在を暗示しておられることから、なお古歌を調べて彷徨している私であったが、「脱化」という文言から、無常の表現についての本歌を求め続けた結果、どこにも似た歌が見つからない現状から、詠歌ということにこだわらず、思い切って着眼点を変えて、伝承からの脱化と考えてみた。

その後、歴史的な親鸞聖人の諸伝の研究で行き詰まっていたところで、出版禁止になった古浄瑠璃に起源があるのではないかと思いついたのは、土井順一教授との研究の中で、『しんらん記』の話題が出ていたためである。そして、一般的な親鸞伝の中に、しばしば芝居かかった表現が見られることから、『親鸞文学集』真鍋廣濟編（一九六三年、古典文庫）を得て読むうちに、粟津義圭（一七三二―一七九九）の『御伝鈔演義』（一七七四年）の文章を精査すると、『しんらん記』を写したような文言がしばしば認めれることから、これからの脱化もあり得ると考えた。

ところが、誰の歌が本歌になったとしても、粟津義圭が何によって「明日ありと……」の詠歌を知り得たのかを調べたが、江戸初期の文献に詠歌が収載されたものが見いだせずにいたところ、後小路薫氏の『勧化本の研究』（和泉書院、二〇一〇年）が出て、『真宗勧化釈要抄』（一六九九年）の中に、無常の詠歌が掲載されていることを明らかにされた。これによって義圭が無常の詠歌を知りうる立場にあったこと、そしてそれを転写している言葉があったことを知り得た。

『しんらん記』の記述も、義圭の『御伝鈔演義』に引用されている文言と合わせ、親鸞聖人の父・有範卿の意思によって、「飛花落葉の風の前には生死の境をのがれん、しかれば貪・瞋・痴の三毒に迷い、煩悩の絆に結ばれ、いかにして彼の岸に到らん」と発心され、「慈鎮和尚に此の由を申し上げる」という記述となっている。「飛花落葉の風の前」の無常の文言を、無常の詠歌に置き換えて、「この由を申し上げる」ということが、親鸞をして無常の詠歌を詠ましめたのではないかと解釈すると、蓮如上人の詠歌が親鸞聖人の詠歌に成り代わる。これで今まで矛盾と思われていたことが整合性を得て、諸問題が落着するのではないかと判断するようになったのである。

古浄瑠璃の無常の場面、すなわち、親鸞聖人の出家得度の場面の大転換を促すものとして、「飛花落葉の風の前」が、同じ意味の「無常の詠歌」に置き換えられ、これによって、親鸞聖人が詠まれたということになり、親鸞聖人の作ということで、喧伝されるに至ったものであろうことが推察できた。

また、逆さ竹・焼き栗が芽を出したり、川を挟んで名号を書かれたという親鸞聖人に関する奇談も、古浄瑠璃「よこぞねの平太郎」を読むと、「浄瑠璃作家の筆の勢いにまかせて書かれたもの」と『親鸞文学集』の解題（真鍋廣濟「親鸞の古浄瑠璃に就いて」）にあり、戯曲の台本の上に存在したといわれる。というわけで、奇談が事実であるとかないとか議論する必要もなく、戯曲の台本を書いた作家の筆の勢いに任せて書かれたとあることをよむと、文学上の表現と受け止められる。

このことを合わせて考えてみると、『御絵伝教授鈔』とか、『御伝鈔演義』という本の表題を見て、『御伝鈔』の解説書と受け止めるのは間違いで、そもそも「演義」ということが「文学」であるということを念頭に入れずに、歴史的事実と文学をごちゃ混ぜにしてしまったところが間違いであったかもしれない。

二　本書の構成

本書は、これらの探究のなかで記した論文を、加筆修正して一冊にまとめたものである。

第一章の「親鸞聖人と詠歌」では、故・土井順一氏（龍谷大学教授）の先行研究を手がかりに、改めて「親鸞聖人伝」に関わる書物を見直し、著者が発見した資料によって、出拠不明の「明日ありと思ふ心のあだ桜　夜半に嵐の吹かぬものかは」という「無常の詠歌」の伝承の経緯に迫っている。

第二章の「新展開　蓮如上人の詠歌と諸伝」では、親鸞聖人の出家得度時の無常の詠歌の伝承について、蓮如上人の『御文章』における詠歌が、その後、どのように発展してきたかという事実確認を行い、粟津義圭が用いた詠歌との接点について、『しんらん記』などによって推察する。

第三章の「親鸞聖人の伝承――「親鸞聖人御臨末の御書」についての一考察」では、「親鸞聖人御臨末の御書」に関する諸説をうかがい、親鸞聖人のご臨終の伝承がいかなる状況において発祥し、変化を遂げて来たか、そして今日的にどのような意味を持つのかについて考察している。

第四章の「特異な傾向を示す詠歌」では、親鸞聖人の詠歌の伝承に関して特異な傾向を示す「見真大師越後国七不思議旧跡略図」・古浄瑠璃「よこぞねの平太郎」・「北越之聖跡図」などについて、その特徴をうかがっている。

「明日ありと思ふ心のあだ桜　夜半に嵐の吹かぬものかは」は、多くの人に知られる有名な詠歌でありながら、これまで学術的に討究されることはほとんどなかった。それが、昨今ようやく検証されはじめた。

親鸞聖人が出家得度時に詠ったと伝わるこの無常の詠歌は、なぜ、どのようにして親鸞聖人の詠歌として伝わったのか。その真相を追い求めて、現存する様々な文献資料、そして新たに京都市専応寺に蔵する諸資料を紐解き検証した本書が、この詠歌究明の一助となることを願うばかりである。

第一章　親鸞聖人と詠歌

はじめに

親鸞聖人と詠歌と言えば、誰しも出家得度時に詠まれたという、「明日ありと思ふ心のあだ桜　夜半に嵐の吹かぬものかは」の和歌を連想する。

親鸞聖人の生涯について、少しでも関心をもつものは、誰でもが知っている有名な詠歌であるが、この和歌を何処で知り得たかと言えば、今日の教団関連の親鸞伝においても出て来ず、たいていは、吉川英治氏の小説『親鸞』（講談社）か、親鸞聖人関係の随筆、物語によって知った人が多いのではなかろうか。無常を表すにはぴったり、説教にはよく使われる詠歌でありながら、出拠は明らかでない。

親鸞聖人の詠歌については、土井順一氏の論文である「古伝　親鸞の和歌」（『佐賀龍谷短期大学紀要』第二九号、一九八三年二月）と「親鸞聖人の出家得度時の詠歌」（『龍谷大学論集』第四五二号、一九九八年七月）があり（土井順一著、林智康・西野由紀編『仏教と芸能――親鸞聖人伝・妙好人伝・文楽』、永田文昌堂、二〇〇三年所収）、これを手掛かりに、改めて親鸞聖人伝にかかわる書物を読み直し、詠歌の存在に迫ってみることにした。

一　親鸞聖人の出家得度時の無常の詠歌について

一般に向けて出版された親鸞聖人伝の一つである、『御開山聖人御伝記絵鈔』（佐竹智応著、一九二三年四月、第三版）によって、出家得度時の概要を見てみよう。

第五　御得度

興法の因うちに萌し、利生の縁ほかにもよおししによりて（中略）ふかく四教円融の義にあきらかなり。

時に養和元年辛丑、三月十五日の事なり。又御師匠慈鎮和尚は、法性寺関白太政大臣忠通公の御子、此時廿七歳、粟田口青蓮院に住し給ひ、山門六十二代の座主、碩学の達人なり。
抑も出家は学問試問の上、即日は遂げ難し。然に松若公「明日ありと思ふ心は仇桜、
夜は嵐の吹ぬものかは」
と詠じ懇願あり。許さる。

第六　御学問

植髪の真影

京都粟田口、青蓮院の前に在り。御得度の時の髪の毛を御頭に植しなり。
一筋を千筋となでし黒髪を　今日一筋に思い切る哉　六條三位範綱卿
黒髪を何か惜しまん此春の　法の花咲く此身なりせば　日野鶴松　聖人御幼名
慈鎮和尚は、善き御弟子を得させ給ひしを、頗る御満悦あらせられ、九條関白殿下へ
宛、左の書状を贈らせらる。

慈鎮和尚の書翰　聖代老の手鼓出

法要多端御疎遠に過候、今度有範之幼童、松若麿事遂師弟之契約、若狭守被連参、為
致得度、範宴少納言と為改候折節
春深き花の錦を引かへて、末たのみある墨染の袖

誠に秀才の童形、頼母敷令大慶候、預御満足度申入候也。

三月廿二日

僧　慈　円

九條大納言殿

幼年での出家得度については、学問の試問の上でなければ許されないという決まりがあるが、親鸞聖人は無常の理を詠歌に託して得度を願われたことにより、出家を認められた。この出家そのものは、後世の我々を導かんがためであったとする。また、出家得度の儀式が滞りなく終わった後で、戒師に御礼を述べると、童子が秀才であったという慈円僧正の感想が付されている。

ここでは、出家得度時の詠歌として、あまりにも有名になっている「明日ありと……」の歌とともに、「黒髪を……」の和歌が引用されている。この歌は、その他、『御伝縁起指図鈔』、『親鸞聖人御一生記絵抄』などにも収載されている。

さて、類歌として、最も古いものは、旧笠原別院本誓寺所蔵の実如上人証判本『御文章』（室町時代写本）に収載されている和歌「あすみんとおもふこころはさくら花よるはあらしのふかきものかは」とされ、これが出家得度時の詠歌として伝えられる和歌を生成する母胎の一つになったのではないかと考えていた。

ところが、筆者がさらに調査を進めたところ、新たに安永二年（一七七三）刊の『御絵伝教授鈔』に、「明日トイフ……」の和歌が収載されていることを発見した。これは、先に報告されていた『御伝鈔演義』よりも一年遡った資料である。

『御絵伝教授鈔』について述べておく。

著述は、越中沙門、霊潭（一六八九—一七六九）である。『清流紀談』によれば、浄土真宗本願寺派の僧侶で、光隆寺知空の門人であったが、何らかの理由で破門された後、高倉学寮で、明和・安永のころ、「法宗源」、「末法灯明記」、「百法論疏」を副講した。故郷の高岡の明光寺に、認められて帰る、と記されている。

『御絵伝教授鈔』の第一巻の目次は次の通り。

第一　草集縁起
第二　俗姓時代
第三　小童登山

登山の記事は、十丁甲から始まり、十一丁甲上部中央には、絵伝の略図を描いている。十二丁甲一行目より引用する。

山門六十二代ノ座主慈鎮和尚ハ、法性寺殿ノ息、月輪殿ノ兄、当時無双ノ名匠ナリ。彼ニ往テ、師資ノ約ヲナサントテ、用意シテ車馬ニ乗シテ参リ玉フ。御房ニ至レバ、伯父、先僧正ニ逢奉リ、小童出家ノ願望ヲ演玉フ。然レドモ、伯父ナヲ惜シミ玉フニヤ。僧正、公ニ御異見ヲモ加ヘラレ、止リ候フヤウニナト仰セケレバ、十八公、障子ノコナタニテ聞玉ヒ、即御前ニ出玉ヒ、師弟ノ約束ヲアソバサル体是也。慈円モ発心ノ深キ色ヲ見テ、然レバ明日落飾ナサシメントノ玉ヘハ、十八公ノ言フ、生死無常ノ習ニハ、明日期シ難シ、若今宵ノ内ニ無常ニ移サレナハ出家ノ望空シクナリナン。明日トイフ人ノ心ハアタ桜夜ノ嵐ハ吹ヌモノカハ。唯今宵ノ内ニトノ玉ヘハ、無常迅速ノ理頓テ、其儘御落飾ノ体是也

このように、「明日トイフ人ノ心ハアタ桜夜ノ嵐ハ吹ヌモノカハ」とあり、一般に伝えられている詠歌の文言とは少し異なりはするものの、無常の歌を掲載している。誰が詠んだということは明記していないが、文章の上からは幼き日の親鸞聖人が詠んだように受け取られる表現である。一般的に後の刊本には、和歌の扱いとしては、詠歌のみを別行にするようになるが、ここでは文章の流れの中に組み込まれている。何かに依拠していると思われるので、これの出典については更に調査が必要である。

刊記は、

安永二癸歳　正月吉日

皇都書舗

寺町通松原下ル町　菊屋喜兵衛
下数珠屋町東洞院西エ入町　丁子屋正助
寺町通松原上ル町　菊屋七郎兵衛
寺町通五条上ル町　藤屋藤七
五条通富小路西エ入町　銭屋新助
五条通高倉東エ入町　北村四郎兵衛

この最後に「後編追而出来」とあり、後編は二年後の安永四年に刊行されている。

この『御絵伝教授鈔』の序文は、明和壬辰（九年、安永元年）春三月に『御伝鈔演義』の著者である粟津義圭が書いている。粟津義圭（一七三二―一七九九）は、真宗大谷派、大津の粟津、響忍寺に住み、字を義圭と言う。高倉学寮で学び、唱導に巧みで、説教の台本である談義本を数多く出版した。

高倉学寮において霊潭と義圭が接点を持ち、義圭が序文を書くに至ったようである。このことから推察するに、無常の詠歌「明日ありと……」については、今一つ根拠に乏しいけれども、広く知られるようになった事の発生源は、高倉学寮にあったのではないかと思われる。

一方、旧笠原別院本誓寺所蔵の実如証判本『御文章』に収載される和歌については、『蓮如上人遺文』（稲葉昌丸編、法藏館、一九三七年）の解説の、「高田御文」の項によると、御文の輯録として古来有名なものであるとし、恵空講師はこれを知られなかったと見えて、この帖について言及されていない。享和二年（一八〇二）に調査がなされ、慶海が深励講師の委嘱によって「帖外御文」を校合した（筆者要約）とあるから、広く知られるようになったのは享和二年以降という事になっている。

また、高倉学寮において、『御文（御文章）』について講義されたかどうか、笠原別院の所属が大谷派であることから、特に留意して講題についても調査したが、該当するものはなかった。『御絵伝教授鈔』や『御伝鈔演義』の著述年と享和二年の調査とは、ほぼ三〇年の開きがある。この『御文』と出家得度時の関連については、今後の課題である。

ここで、今までに、親鸞聖人出家得度時の詠歌「明日ありと……」を収載していることが確認された資料を、年代順にまとめておく。

書　名　　　　発刊年月　　　　発行・発売所

『御文章』　室町時代　写本　旧笠原別院本誓寺蔵
実如証判本
『御絵伝教授鈔』　安永二年一月（一七七三）　皇都書舗
『御伝鈔演義』　安永三年三月（一七七四）　平安書肆
『親鸞聖人絵詞伝』　享和元年七月（一八〇一）　京都書肆
『御伝絵略解』　文化七年四月（一八一〇）　浪速書林・皇都書林
『御伝縁起指図鈔』　文化九年四月（一八一二）　写本
『御絵伝絵解』　文政元年（一八一八）　玄隆
『念仏道歌西乃臺』　天保一二年春（一八四一）　京都書林
『親鸞聖人御化導実記』　安政五年四月（一八五八）　京都書肆錦耕堂
『親鸞聖人御一生記絵抄』　安政六年一二月（一八五九）　皇都五書堂
『親鸞聖人御一生記図絵』　万延元年九月（一八六〇）　平安四書堂合梓
『見真大師御絵伝勧説』　明治一三年三月（一八八〇）　永田調兵衛
『親鸞聖人御一代記説教』　明治四二年四月（一九〇九）　法文館・顕道書院
『御開山聖人御伝記絵鈔』　明治四四年二月（一九一一）　興教書院

二　詠歌の伝承

1　『親鸞聖人御因縁』

親鸞聖人の詠歌の伝承において、古くから有名であったのは、親鸞聖人が慈鎮和尚慈円僧正の使者として禁裏へ出向かれたという話を載せる『親鸞聖人御因縁』である。

事の起こりは、禁裏から「恋」という題を下され、慈鎮和尚は、「我が恋は松をしぐれの染めかねて真葛原に風さはぐなり」と詠じられた。これが秀逸なる詠歌として評判になったが、恋の経験者でなければ思いもよらない心境が述べられているので、一生不犯の座主の歌とは思えないと不審がられ、重ねて「鷹羽雪」という題を下された。すると慈鎮和尚は、「雪ふれば身にひきそふる箸鷹のたださきの羽や白ふ成らむ」と詠んで、親鸞（範宴）を使者として立てられた。

禁裏において、「このたびの歌の使者は誰か」と問われ、「元皇太后宮大進有範の子、伯父範綱卿も歌人なり」と注進され、「「身よりの羽」の歌を詠め」と言われた。忠安はいたしかたなく、「箸鷹の身よりの羽風吹き立てておのれと払ふ袖の白雪」と詠んだところ、

「流石《さすが》慈鎮和尚の弟子かな」と褒美され、檜皮色の小袖を賜った。

しかしながら、この度の試験はうまく過ごしたものの、失敗すれば師匠や伯父の名折れとなる。殿上の交わりは難しいものであると感じて、隠遁の志が深くなったという。

宮崎円遵博士は、『親鸞聖人御因縁』が、親鸞と玉日との結婚の始終を説いたものとし、この説話は、大衆を相手に仏教を鼓吹する談義僧が語り始めたところであり、談義本の成立の事情や環境はいまだ明らかにされていないとして、論証を進めておられるが、詠歌についてては言及されてはいない（『仏教文化史の研究』所収「『親鸞聖人御因縁』ならびに『秘伝抄』について」一九八九年、永田文昌堂。一九九〇年、思文閣）。

2　蓮如上人の伝承

もう一つ注目すべきことは、慈鎮和尚慈円僧正門下において、範宴が「忠安」と呼ばれていたことが、『親鸞聖人御因縁』に見えるところであり、これと同じ伝承の可能性もあるが、大谷大学で催された蓮如上人展（一九九六年一一月）に出品された、「慈鎮和尚詠歌写」に、蓮如上人が「慈鎮和尚御詠歌」と加筆された「雪降ば……」（題「鷹羽雪」）の次に「少納言忠安」として、「はしたかの……」の詠歌が記されている懐紙を見た。

ここでは、親鸞聖人の名前については論議しないが、この詠歌の写しの存在によって、「忠安」が二つ伝承されて、詠歌が蓮如上人の頃にも伝承されていることが明らかとなった。

土井順一氏が、「親鸞聖人の出家得度時の詠歌」において、詳しく述べられている実如証判高田本『御文章』における「あすみんと……」の詠歌、『蓮如上人御一代記聞書』所収の詠歌についても、蓮如上人の時代からすでに伝承されていたものと言える。

3　慈円僧正の詠歌と箸鷹の歌

大谷大学所蔵の恵空自筆本『御詠歌』に、「南無トイヘハ弥陀ハ来ニケリヒトツ身ヲワレトヤイハンホトケトハイハン」の次に、「此一首ハ御真筆専修寺ニアリ」とある。

専修寺における親鸞聖人の詠歌の存在について、平松令三先生に伺ったところ、真筆は存在しないとのことであったが、さらに『親鸞聖人御因縁』に話が及び、「箸鷹の……」の詠歌についても親鸞聖人の作とは断定出来ず、類歌のあることをご教授いただいた。

そこで、改めて慈円僧正の詠歌について、『国歌大観』によって調査すると、先ず「わが恋は……」については見いだすことは出来るけれども、「雪ふれば……」の和歌は見あたらないのである。

また、親鸞の詠歌とされる「箸鷹の……」の類歌を求めて、『国歌大観』を開くと、『続古今和歌集』巻第六冬歌に、

　はし鷹のみよりの翅身にそへて猶雪はらふ宇多の御狩場

作者は「従二位家隆」とあるから、鎌倉初期の歌人、藤原家隆の作である。文言の多少の異同はあっても、骨子はよく似た詠歌であると言わねばならない。

詠歌の世界においては、少しでも文言が違えば、内容が異なってくるだけに、類歌があっても不思議ではない。

『親鸞聖人御因縁』についての歴史的研究は進んでいるが、「詠歌の使者の伝説」について、慈円僧正の「雪ふれば……」の和歌と、使者として参内して詠まれたという親鸞聖人の「箸鷹の……」の和歌も含めて、もう少し伝承の経過と資料を明らかにしておく必要がある。

三　古伝親鸞聖人の詠歌

今まで、親鸞聖人の出家得度時と詠歌の使者の二つの伝承を見直して来た。土井順一氏のまとめられた「古伝　親鸞の和歌」は、親鸞聖人の詠歌について、そのほとんどを網羅されているのであるが、そこに漏れているものがあるので、ここで補足しておきたい。

1　『釈教題林集』

本書の編者は随有軒浄恵で、元禄八年（一六九五）五月の刊行である。この中に親鸞聖人作として四首の詠歌が紹介されているが、同じ書に、「綽空法師」とする和歌も掲載されているので、親鸞聖人の詠歌としてその一首を加えたい。

聖　教

衆生ゆへ正覚なりし弥陀なれば人や仏の知識なるらん

作者は「綽空法師」としてあるので、法然上人の元におられた初期に作られたと想像するが、ここに収載されている聖教も、その他にこの詠歌についての伝承も見あたらない。

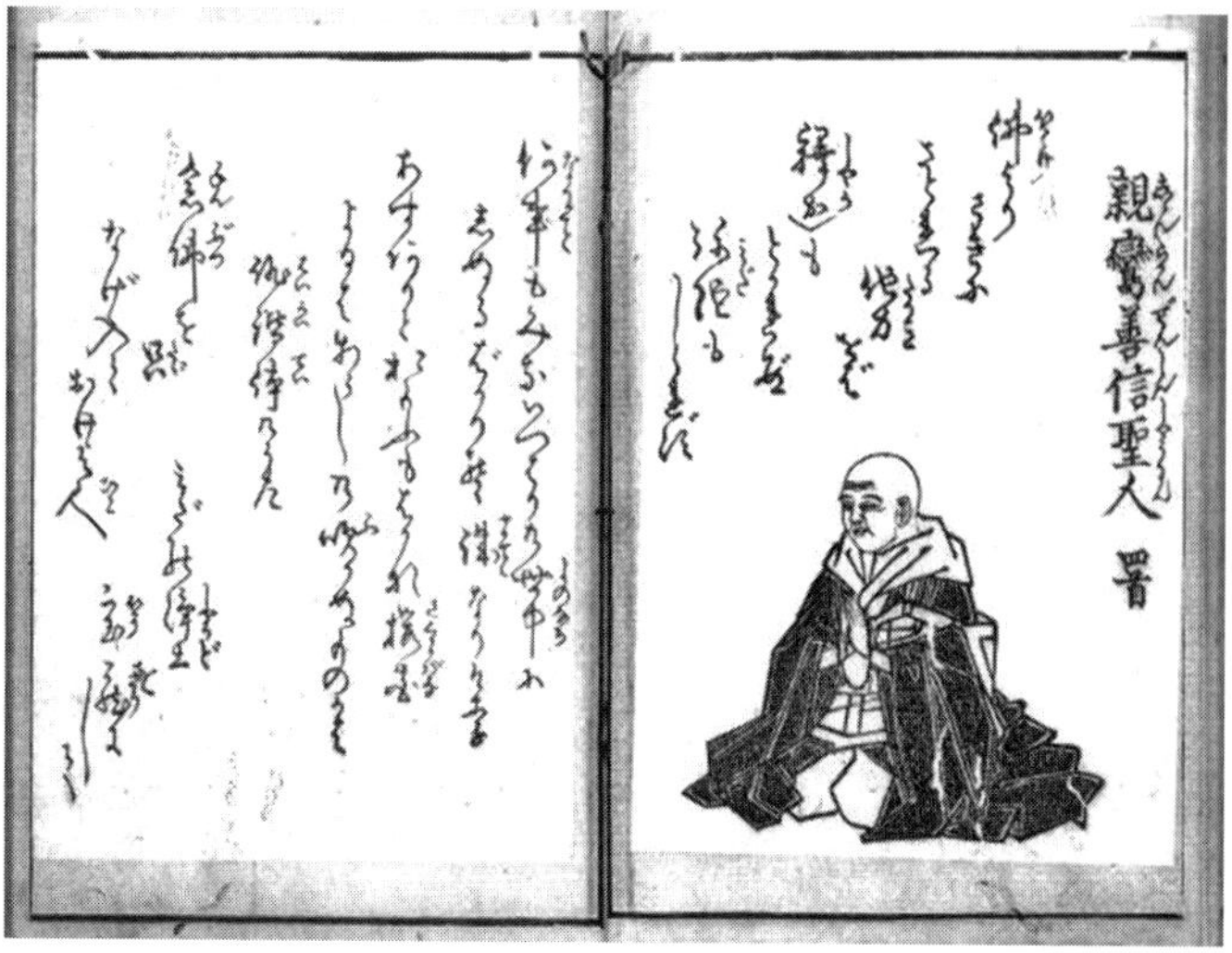

図１　『念仏道歌西乃臺』（専応寺蔵）

しかしながら、「綽空法師」と書かれている事自体が重要で、聖人が歌を詠むことを十悪の一つと意識される以前のことと思われるので、聖人の詠歌を研究することにおいては注意すべきである。

2 『念仏道歌西乃臺』

今回新たに紹介するのが、『念仏道歌西乃臺』天保十二年丑乃春　京都書林寺町通蛸薬師下ル　めとぎ屋幸助　梓行（縦一七・五、横一二・二センチメートル。和本袋綴）三五園　堀原甫の編集になるもので、京都市専応寺に襲蔵されてきた。

これは序文に、「先達の詠おきたまへる和歌を集めて、専修の道にすゝむたよりとなす」ことを意図して編集されたもので、六十二名の和歌を集めている。十一丁乙と十二丁甲に親鸞聖人の和歌を収載している。

親鸞善信聖人　四首

仏よりさきにさとれる他力をば釈迦もとかれず弥陀もしられじ

何事もみないつはりの世の中にしぬるばかりぞ誠なりけり

あすありとおもふもはかな桜花よるはあらしの吹かぬものかは

俳諧体のうた

念仏を只なげ入ておけよ人みだの浄土を宝蔵にして

このように、三首目に無常の詠歌を載せていることから、天保十二年（一八四一）には、親鸞聖人の詠歌として定着していたことを知り得る資料である。なお、これについては、参考として図版を掲載する。

四　『親鸞聖人伊呂波歌』について

宮崎円遵博士が、大分市専想寺に存する稀覯書として紹介された『親鸞聖人伊呂波歌』

は、実悟の『聖教目録聞書』に書名が見えるが、古写本はほとんど見あたらないとされていたものである。

その内容については、土井順一氏の著された、「古伝　親鸞の和歌」に、『親鸞聖人伊呂波歌』（室町時代の写本、大分市専想寺蔵）と、正徳三年（一七一三）刊の『親鸞聖人御詠歌集』を詳しく紹介しておられるので、ここでは再掲載しないが、今回特に、「古伝　親鸞の和歌」の中から、伊呂波歌のみを別に扱ったのは、種々の伝が明らかになって来たからである。

今回新たに、二つの資料を確認し、検討した結果を報告しておく。

1　『後撰夷曲集』

『後撰夷曲集』、撰者は生白庵行白。寛文十二年春（一六七二）寺町二条下町西田勝兵衛により刊行されたもので、先に出版された『古今夷曲集』寛文六年（一六六六）には、本願寺関係として、蓮如上人の詠歌が一首のみ掲載されていたが、後撰として第十巻に釈教歌を載せ、親鸞聖人の詠歌とするものが十一首含まれている。

巻末の出所古書目録に、「親鸞伊呂波歌十」と「照蒙記一」とあり、『親鸞聖人伊呂波歌』と『御伝絵照蒙記』の中から収載されたことが知られる。

この、『後撰夷曲集』は、国文学上「狂文狂歌」の部類に属し、『新群書類従』と、「日本名著全集」江戸文芸之部　第十九巻　『狂文狂歌集』（一九二九年五月）に収載されているものによって確認した。

『後撰夷曲集』の中の、親鸞聖人の詠歌を調べると、文言に多少の異同はあるものの、『親鸞聖人伊呂波歌』の中の歌を掲出する。『御伝絵照蒙記』のものは「柿崎にしぶしぶ宿をとりけるに主のこころ熟柿なりけり」の詠歌である。

2　『親鸞聖人御詠歌』写本　京都専応寺蔵

江戸時代の写本と推定される『法然上人御詠歌』に、『親鸞聖人御詠歌』が付してあり、これが、『親鸞聖人伊呂波歌』であることが明らかになった。

『法然上人御詠歌』と『親鸞聖人御詠歌』とは、写本の紙、筆者ともに異なっており、別々のものを後に合綴したようである。しかし、残念ながら伊呂波歌としては、最初の「いろは」の三首が欠落し、五十二首目以降は落丁して散逸している。

3　伝本の比較

伊呂波歌について、四つの本が出てきたので、流布の傾向を知るべく、伝本の違いを検討する。

A　**『親鸞聖人伊呂波歌』専想寺本**

「い〜す」に「京」を入れて「一より数字の単位」まであるが、色葉歌にある「石」以下の八首がない。

B　**『後撰夷曲集』**

「に、へ、ら、ふ、み、し、三、四、億、少（升）」の十首を抄出したものであるが、少（升）が含まれているので、色葉歌の系統ではないか。

C　**『親鸞聖人御詠歌集』専応寺本**

「に〜三まで」あり、「わ」と「四以下」欠。専想寺本伊呂波歌と似通っている。

D　**『親鸞聖人御詠歌集』色葉歌**

「いろは〜数字、度量まで」七十首全部そろっていると思われる。

4　伝本の類別

類例が少ない中にあっても、伝本の違いが明らかな詠歌が存在するので、傾向を推察してみた。

二十二首目

A　楽ニノミホコルハカリヲヨロコヒテ後世ヲネカハヌ人ソハカナキ

B　楽ニノミホコル斗ヲヨロコヒテ後生ヲネカハヌ人ゾ悲シキ

C　ラクトミトホコルハカリヲヨロコヒテコセヲ子カハヌヒトソハカナキ

D　楽ニノミホコルハカリヲヨロコヒテ後世ヲイノラヌ人ゾカナシキ

※類似点、異同の分類　A、C　ハカナキ。
　　　　　　　　　　　B、D　カナシキ。

五十一首目

A　三国ニタノムトコロハ弥陀仏ノアリカタカリシミノリナリケリ

B　三界ニネガフトコロハミダブツノスグレマシマス浄土也ケリ

C　三コクニ子カフトコロハミタフツノアリカタカリシミノリナリケリ

D　三界ニ子ガフトコロハ弥陀仏ノスグレマシマスミノリナリケリ

※類似点、異同の分類　A、C　三国。アリカタカリシ。
B、D　三界。スグレマシマス。

以上二つの詠歌を比較することによって、A、Cの写本と、B、D刊本のグループに、明確に分けることができることがわかった。

このことは、写本の流布系統として、祖本をどれとは決められないけれども、写本A、Cのグループと、『後撰夷曲集』と色葉歌の刊本のグループに分けることが出来、今のところ伝本に二系統あることが明確となった。

なお、『後撰夷曲集』の親本が何であるかは知られていないが、正徳三年（一七一三）刊行の『親鸞聖人御詠歌集』とは、親本において共通していることがうかがえ、また江戸時代に刊行されたとは言え、内容が写本と変わらないところから、伊呂波歌の成立は室町時代まで遡るものと言える。

伊呂波歌は、いろは順に詠歌を数多く作ったもので、『親鸞聖人伊呂波歌』は、いろはの次に、数字、度量にまで及んでおり、このような数を競い、教訓的な遊びに近い詠歌については、親鸞聖人の精神からすると、最も遠い事柄のように思われる。

伊呂波歌についてはは、どのような経緯をもって制作されたのか不明であるが、今回新たに発見された京都専応寺本は、明らかに説教の資料として用いられたもので、説教の原稿が合わせて保存されてあることから、親鸞聖人の伝記を語るために、種々の詠歌が流布していたことが読み取れる。

大分市専想寺の開基天然も、室町末期の談義僧と位置づけられているが、親鸞聖人の伝記を語る説教の資として、僧から僧へと写されていったものと思われる。

五　聖人の遺跡における詠歌

1　一番古い詠歌

親鸞伝が物語られる時には、聖人の苦労話がついてまわる。教化の中から生まれた詠歌として、一番古くから伝承されているのが、「柿崎にしぶしぶ宿をとりけるに主のこころ熟柿なりけり」の歌である。

親鸞聖人は、越後へ流罪となった。勅免があった後、しばらく越後に逗留なさっておられ、ご縁のある地へ教化に回っておいでになっていたということである。ある日のこと、柿崎にて日暮れとなった。扇屋という家に一夜の宿を頼まれたところ、宿泊を断られた。

せめて軒先ででも休ませていただきたいと申し出て許されたという。聖人は寒空に念仏を称えながら休んでおられたところ、夜明け前に目を覚ました扇屋の夫婦に、聖人の称名の声が耳にとどき、家の中へ招じ入れ食事を出してもてなした。聖人は喜んで、夫婦に向かって阿弥陀仏の教えの有難いことをお話になりますと、夫婦は信心の人となったことから、聖人が一首遺されたという（『御伝記絵鈔』筆者要約）。

この物語は、『高田親鸞聖人正統伝』『親鸞聖人御旧跡幷二十四輩記』などにも収載されている。

先啓の著した、寛政十一年（一七九九）刊の『釈教玉林和歌集』には、この詠歌の出典を『至徳記』としている。

『至徳記』三巻は、至徳元年（一三八四）良覚房によって著されたとされる本で、高田専修寺に伝わっていたから、同派の五天良空の著した『高田親鸞聖人正統伝』にも、親鸞聖人四十歳の時の記述に『至徳記』と明記している。

詠歌は、どの伝によっても変わらないけれども、柿崎での状況が『正統伝』では、「梅雨」のころで、「小畠左衛門」の家に雨宿りしたことになっている。五天良空は、当家の『至徳記』にある事とし、時節は五月半ばにて、寒天の時に非ずと強調している。

さて出拠となった『至徳記』についてであるが、平松令三先生はその書は現在伝わっていないと言われる。したがって、この詠歌について論証はできず、古くからの伝承があったことが推測されることのみを述べるにとどめる。

2　二十四輩にかかわる詠歌

親鸞聖人の門弟たちの遺跡を記した『親鸞聖人御旧跡幷二十四輩記』には九首がある。

①越路なる荒血の山に行きつかれ足も血しほに染しばかりぞ
②音に聞く鋸坂に引わかれ身の行方は心ほそろぎ
③我が法は朝夕なでし児のかみ結もゆわるる解もとかるる
④柿崎にしぶしぶ宿をとりけるに主のこころ熟柿なりけり
⑤此里に親の死たる子はなきか御法の風になびく人なし
⑥箸鷹の右の羽風ふきたてゝをのれとはらふ袖の雪かな
⑦うへおきしひともとの名ものちの世にねがひといへるおしへならまじ
⑧君が代にあへるは誰も嬉しきに花は色にも出にけるかな
⑨君をおきてあだし心を我もたは末の松山波やこしなん

『大谷遺跡録』、『親鸞聖人徳沢余波』、『梠聚抄』は、④⑤を伝えるが、『大谷遺跡録』の著者である先啓は、①②は著しい偽作と断定している。

3　その他の伝承

親鸞聖人作といわれる詠歌で、御旧跡に準ずる寺院に伝承され、今まで紹介されていなかった和歌を、以下に紹介しておく。

その一つは、霞ヶ浦御旧跡の等覚寺に伝わるものが、木版刷りで配布されていた。これは、聖人が関東の門弟との別れに詠まれたとするもので、

①面影にこころをそへて通ふなり弥陀たのむ身ときけば嬉しき

とあり、三月十五日と日付まで記されている。

次に、京都市上京区の勝福寺に伝わる『御生骨略縁起』には、平太郎の願いにより、落葉を与えられ、嘉禎二年（一二三六）十月四日、一首の詠歌を添えられた。

②秋はつる落葉は冬ぞいざさらば無量寿国の春ぞなつかし

京都市上京区の安養寺は、親鸞聖人の鏡の御影を描かれたという、専阿弥陀仏の開基になると伝える。この寺に親鸞聖人の御木像があり、背面に詠歌が刻まれている。

③伝へこし露のむかしの道にきす今日深草の苔の衣手

滋賀県大津市志賀町大物の超専寺は、親鸞聖人が越後へ流罪になられた時、お宿を引き受けられたご縁から、子孫が親鸞聖人について出家、そのとき親鸞聖人が歌を認められたという。

④咲ぬべき時こそ来れ梅の花雪も氷もとけてそのまま

これらは、御旧跡に類する伝承であるので、ここに付け加えた。このうち、②③④は、高下恵著『親鸞聖人御旧跡巡拝誌』（近畿編）に収載されている。

六　『説法用歌集』などについて

説法を学ぶには、上手な師匠に付いて回って体で聞き覚える方法と、資料を駆使して自ら原稿を作っていく方法がある。

説法の原稿を作成するには、説法を聞きやすく、説明しやすくするために、古くから和歌を引用する。また話題を豊富にするため、他人の原稿を書写したり、参考書が必要とされたため、数々の説教書が出版された。この説教書のことを談義本と言われているが、

『浄土真宗教典志』によれば、「談柄書目」として、歴史書や注釈書とは別の扱いとなっていて、和歌のみを扱った資料も存在する。それは、『説法用歌集』、『説法用歌諺註』、『説法和歌資潭鈔』、『説法詞料鈔』などである。これらは江戸時代に出版されたもので、この中に親鸞聖人の詠歌が含まれているのであろうと推測した。

『説法用歌諺註』洛東野衲無底著（一六九一年八月）に、説法について、「先達の知識、往々に大和歌を詠じて載せ、道を後末に伝えるものあり」とし、詠歌を説法に織り込むことの効果を指摘している。

そして、親鸞聖人の詠歌とするものを、ただ一首のみではあるが、収載している。

妄想は南無阿弥陀仏に消えはてて口も心もともに極楽

この歌が、どういう状況で作られた詠歌であるのか、出典も記されていない。ただ、こういう詠歌が親鸞聖人の作として、収載されていることの事実を述べるにとどめておく。

七　『御伝鈔』の伝播と絵解き

本願寺を受け継いだ覚如上人は、親鸞聖人の三十三回忌にあたり、聖人の伝記を明らかにするため、わざわざ東国に下り、宗祖の伝記を集めて出来たのが『親鸞伝絵』であり、文章のみを『御伝鈔』、絵に表したのが『御絵伝』として流布された。絵を掛け、文章を唱読すること自体、絵解きそのものであり、受容する大衆は、より分かりやすいことを望み、談義僧は、多くの聴衆を集めるため、大衆受けをねらって、微に入り細をうがち、解説をするようになる。

かくて、絵伝そのものの内容は変化しないが、絵伝が携帯に便利なように一幅に縮小されたり、親鸞聖人の教化が物語化され、種々の絵解きの台本が製作されて、それぞれの宗派で流行するようになる。

宮崎円遵博士は、「唱導と談義本」（宮崎円遵著作集　第七巻『仏教文化史の研究』二七六頁）の中で、「談義本には和歌や名文句が挿入されているのが普通で、文体にも一種の特色がある」と述べられている。

絵解きの書については、次の機会とするが、『御絵伝』の絵解きをするために、談義本では『御伝鈔』を読み、美辞麗句を連ね、和歌を交えて解説していった。

『浄土真宗教典志』（釈湛然著、一七八〇年）には、談義本のことを「談柄書目」として扱い、このなかに『御伝鈔演義』と『御絵伝教授鈔』を入れている。今まで見てきた親鸞聖人の詠歌は、すべて話題を提供する本の中に含まれているのである。
絵解きの本の中では、絵伝の場面を説明するために、略図を作り、登場人物の解説から、絵の中に描かれている松、梅、桜、藤、朝顔や紅葉など、季節や意味を細かに解説し、種々の人の詠歌を引き合いに出している。
『見真大師御絵伝勧説』真野大誓著（一八八〇年）の、出家得度時の解説を例にあげると、
慈鎮和尚一度対要し玉ふより、凡人ならぬ御器量を見届玉ひ、それより九條関白殿へ日野源十郎をお使いにて、松若丸幼年なれども、天下の名僧となるべき器量なれば、九年の試におよばず出家を許させ玉へとのお願なり、時に関白の仰に、もし児に過の有たときはいかがとの玉ふに松若丸もし過をいたさば我再び念珠をもつべからずと仰らるゝに依て、弟子を見ること師にしかず、心任せなりと関白も領掌なされた趣を承りて、日野源十郎は夜更けて帰られた。其間範綱公も松若君も一間なる客間へ入て御休息ありけるを、慈鎮僧正児は如何して居るやと、御居間を立出でそろそろと客間をのぞき玉へば、伯父君の範綱公は笏を正しく、座しながらふらふらと眠りを催し玉ふに、松若君はみへず是はいかにや、母恋しと思ひ逃帰りはせぬかと疑をおこし玉ふに、縁のはしに物音するゆへ、そろそろ行て見玉へは、御庭の桜を月にあてて詠じつゝ、

涙をながし、

あすありと思ふ心は仇さくら　よるはあらしのふかぬものかは

西行の歌を詠じつつ、かく出家の願は叶へども……（後略）。

このように、詠歌を西行の歌としているなど、誰かの書き込みが主人公の歌になったり、別人の歌になったり、間違いが見受けられるが、概して「ただ人におわさぬ弥陀の権化としての聖人を仰ぐべきことを強調している」（宮崎円遵著作集『仏教文化史の研究』所収「談義本の親鸞像」より）ことを謙虚に受け止めるならば、史実ではないとして否定し去るべきものでない。

絵解きの台本の一つである『御絵伝由来記』第二巻に、越後の稲田から常陸の小島へ移られる時に老女を教化され、三度栗の話が出来る。このときの老女が稲田での十年の教化を空しく過ごしたことを行者は手本として用心すべしと述べた後、古歌として、

明日アリト思フ心ニホダサレテ今日イタヅラニヲクリケルカナ

とある。無常の歌の短歌である。この本は「日次記」の意を取って書かれていることから、『西仏日次記』によるもので、偽作の問題を含んでいるが、何かの資料に基づいていると思われ、なお引き続き調査が必要である。

今回、及ばずながら調査をはじめたのであるが、伝道教団を自負する浄土真宗において、伝道についての研究成果に乏しい感がある。

親鸞聖人の和歌を調べていると、唱導・伝道の中から生まれたと推察され、伝道文化の上に存在すると言えるだけに伝道上の価値があり、根強く浸透している事柄であるから、仏教文化のなかで総合的に調査し、その実態を把握しておく必要性を痛感する。

むすび

親鸞聖人の詠歌についてのほとんどは、土井順一氏の「古伝　親鸞の和歌」と「親鸞聖人の出家得度時の詠歌」に網羅されているので、再掲載を避け、今回新たに取り上げたものだけを整理して掲出し、まとめとしたい。

1　出家得度を終えてお礼の歌として『御開山聖人御伝記絵鈔』、『通俗親鸞聖人御一代記』

黒髪を何か惜しまん此春の法の花咲く此身なりせば

2　『釈教題林集』「綽空法師」として収載

衆生ゆへ正覚なりし弥陀なれば人や仏の知識なるらん

3　『説法用歌諺註』収載

妄想は南無阿弥陀仏に消えはてて口も心もともに極楽

4　関東の門弟との別れに　霞ヶ浦御旧跡　等覚寺

面影にこころをそへて通ふなり弥陀たのむ身ときけば嬉しき

三月十五日　　親鸞

東関の門人江

5　京都市勝福寺「御生骨略縁起」

落歯

秋はつる落葉は冬ぞいざさらば無量寿国の春ぞなつかし

6　京都市安養寺親鸞聖人御木像背面詠歌の刻字

伝へこし露のむかしの道にきす今日深草の苔の衣手

7　『親鸞聖人御旧跡巡拝誌』滋賀県大津市志賀町大物　超専寺

咲ぬべき時こそ来たれ梅の花雪も氷もとけてそのまま

8
『念仏道歌西乃臺』京都市専応寺蔵

仏よりさきにさとれる他力をば釈迦もとかれず弥陀もしられじ
何事もみないつはりの世の中にしぬるばかりそ誠なりけり
あすありとおもふもはかな桜花よるはあらしの吹かぬものかは
念仏を只なげ入ておけよ人みだの浄土を宝蔵にして

付記　本章執筆にあたり、土井順一教授に多端のご指導をいただきました。記して謝意を表します。

第二章　新展開　蓮如上人の詠歌と諸伝

はじめに

第一章をまとめあげた時、心配されていた土井順一教授の御不例があり、問いに対して答える責務を感じ、調査を継続することとした。その結果、浄土宗の聖典『命乃親』に収載された無常の詠歌の発見、『釈教歌詠全集』第三巻「蓮如上人の御詠歌」に実如上人の手控えからの伝承を再発見、蓮如上人の詠歌であることが確認され、論証の基礎が出現した。

先の研究報告の中で、若干不足であった、越後での七不思議にかかわる詠歌について、研究不足であったことから、資料を求めて少し考えをまとめておきたい。

1　蓮如上人の詠歌が親鸞聖人の詠歌に

・蓮如上人無常の詠歌

越後元高田の旧笠原別院本誓寺所蔵の、高田本『御文章』「十劫邪義章」は、真宗信心とならない同行を歎いたものである。「信心とは、もろもろの雑行をさしおきて、一向に阿弥陀如来をたのみたてまつり、専ら弥陀に帰命すれば、如来は光明をもってその身を摂取して捨てたまはず」とあって、邪義すなわち、阿弥陀仏の誓いが成就されているからといって、個々の信心はいらないというような風説に惑わされてはいけないということを述べたもので、無常詠歌はこれを解説するために、世の中は無常迅速、如来の本願のいわれを聞かせていただき、念仏申す身にならなければ、未来永劫救われることがない、今生のうちに信心をいただきなさいと勧めたものである。

高田本『御文章』は、実如上人の手元にあったものと考えられており、これに附せられた詠歌であるから、従来から、本願寺に詠歌も伝わっていたのではないかとの推測は研究者の中に存在し、蓮如上人の物語の中にはその事実を示す証拠がないものの、お話しになっていたことが書き込まれたものであろう。

よくよく注視してみれば、『真宗聖教全書』第三巻「歴代部」四六三頁の脚註に、「［あすみんとおもふこゝろはさくら花よるはあらしのふかぬものかは」」とあり、詠歌の存在が記されていたのであるが、誰の作られた歌であるか不明であり、存在していたことのみが確認できる。

・蓮如上人詠歌の再発見

昭和九年（一九三四）に発刊された、『釈教歌詠全集』第三巻（河出書房刊）に「蓮如上人和歌集」として、禿氏祐祥・橋川正両師の研究が発表されていた。

寛文十年（一六七〇）、本願寺第八世蓮如上人の詠歌を法嗣実如上人の編輯せるものという山科光照寺粟津元隅の書写本を元に調査され、実悟以外に実如上人の手控えとして「蓮如上人和歌」が大谷派に存在したことを公表されたが、戦争に至る時期であったためか広く伝わらなかったものの、本書の再発見で蓮如上人の詠歌であることが確定した。

蓮如上人の詠歌は、数多くあって、従来『真宗聖教全書』所載の詠歌は広く用いられてきたのであるが、『真宗聖教全書』にもれた詠歌については、教団内部においても周知されることが少なかった。

同書の考証として、

「あすみんとおもふこころは櫻花よには嵐の吹かぬものかは」

註　親鸞上人が得度の折に、「明日ありと思ふ心は桜花夜半に嵐の吹かぬものかは」と古歌を口ずさみたりと伝へらる。此歌は彼より脱化せるものなり。

昭和十一年（一九三六）に発刊された、『蓮如上人遺文』（稲葉昌丸編、法藏館）では、「あすみんとおもふこころはさくら花よるはあらしのふかきものかは」と若干文言の異同はあるが、ほぼ似たような文言である。ここでは誰が読まれたかは記されていないが、記録者であった実如上人においては、既知の事実であったことが確認できた。

寛文十年の写本から、昭和・平成に到る年月も大きくへだたり、『御文章』から如何にして伝わったかを尋ねるのには途方もない時間が経過している。天明八年（一七八八）の京都大火によって江戸初期の資料が失われたこともあって、調査に行き詰まりを感じていた。

2　出家得度の詠歌として

親鸞聖人の伝記である『御伝鈔』をいくら調べても出家得度時に歌を詠まれたという伝承はない。世上においては、出家得度に際して、戒師である慈鎮和尚に対して、剃髪が明日に延引されることを察して「明日ありと……」の詠歌を詠まれたことに慈鎮和尚が驚いて、夜に入って剃髪が行われたという説が流行していた。

この唱導における『親鸞上人御一生記』に述べられる、出家得度時の詠歌は、粟津義圭の著した『御伝鈔演義』と、霊潭の『御絵伝教授鈔』に行き着く。何れの書物ともに、発刊に関わったのが粟津義圭、江戸末期に於ける『御文章』の解説書、或いは親鸞聖人伝についての類例を調べたが、新たな発見には到らなかった。

研究を始めた同じ頃に、後小路薫氏の研究があると土井順一教授より聞いていたが、その研究報告である『勧化本の研究』には、元禄十二年（一六九九）刊行の『真宗勧化釈要鈔』の中に、無常の詠歌が掲載されており、誰の詠歌とも知られずに掲載されていると紹介されている。

一方、江戸初期に、古浄瑠璃が流行し、その中の一つ『しんらん記』（真鍋廣濟編）を調べると、親鸞聖人の父有範が、息子を慈鎮和尚の貴坊に訪ね、人生無常を乗り越えるためには出家得度をさせるべきだと考えて、「この由を申し上げる」ことになって、出家が叶うという手はずになっており、唯一、諸伝と異なり、無常の理を申し上げて得度が実現したことになっている。この『しんらん記』の古浄瑠璃が流行した時期がたまたま寛文頃にあたる。

『しんらん記』の中の、無常を表した言葉である、「飛花落葉の風の前」という表現を無常の詠歌に代えると、ぴったり埋め込んだようになる。『真宗勧化釈要鈔』の中の詠歌は、誰の作とも書かれておらず、誰の作為とも知られず塡まり込んでしまったことになる。

このことによって、蓮如上人の詠歌と、『しんらん記』という古浄瑠璃の親鸞聖人出家得度を表す無常の文言が入れ替わることになり、唱導の台本の上で蓮如上人の歌が親鸞聖人の歌に代えられて、新しい親鸞伝がつくられたというのが真相のようである。

『御伝絵照蒙記』を書いた光隆寺知空は、諸伝ある中で『しんらん記』は、親鸞伝の資料としてはならないとしていることからすると、まさかと思われる展開が行われていたのである。委細については、以降をお読みいただきたい。

一　蓮如上人の詠歌としての存在

「明日ありと……」の詠歌について、筆者はすでに『龍谷大学仏教文化研究所研究紀要』第三八集において、共同研究「親鸞聖人伝の注釈書の研究(二)」（一九九九年）として発表した。そのなかで、旧笠原別院本誓寺蔵の蓮如上人『御文章』「十劫邪義章」に書き込まれた「あすみんと……」の詠歌の調査が享和二年（一八〇二）に行われ、それ以降に広く知られるようになったのではないかとし、親鸞聖人の一代記を述べた談義本である『御絵伝教授鈔』安永二年（一七七三）刊（霊潭）と『御伝鈔演義』安永三年（一七七四）刊（粟津義圭）等とほぼ三十年の開きがあるとし、課題と書いている。

親鸞聖人の一生を物語る『御伝鈔』の解説をいくら読んでも、出家得度時に詠歌を詠んだということは、霊譚と義圭の二つの書以外には、時代を遡っても出てこないことは資料に挙げた通りであるが、詠歌の研究のために架蔵していた『釈教歌詠全集』第三巻（一九三四年）に「蓮如上人の和歌」が収載されており、この二〇五頁に、

あすみんとおもふこころは櫻花よには嵐の吹かぬものかは

があり、註に、

親鸞上人が得度の折に、「明日ありと思ふ心は桜花夜半に嵐の吹かぬものかは」と古歌を口ずさみたりと伝へらる。此歌は彼より脱化せるものなり。

とあり、「明日ありと……」と「あすみんと……」の両方の存在が、禿氏祐祥・橋川正両

氏によって認められている。

これによれば、実如上人の収集された蓮如上人の詠歌集があり、寛文十年の粟津元隅の写本を元に調査し、「あすみんと……」は、「明日ありと……」の脱化したものと推定されている。この資料については、すでに平成二十三年（二〇一一）刊行の『日本浄土教の諸問題』「親鸞聖人出家得度時の詠歌の形成」において一部用いていることもあって、蓮如上人の詠歌として存在を認識されていた。その後は、『浄土真宗聖典全書』五「相伝篇下」の発刊により、蓮如上人の詠歌の研究が進み、従来の実悟の写本以外に実如上人の写本とするものも用いられるようになって、本願寺に「あすみんと……」の詠歌が存在していたことは容易に知られるようになった。

今までの経過としては、稲葉昌丸氏編の『蓮如上人遺文』の蓮如上人詠歌の中には含まれていないものの、「十劫邪義章」には詠歌そのものは記載されていたもので、旧笠原別院本誓寺所蔵の『御文章』に書き込まれた「あすみんと……」の詠歌が、実如上人によって同時に記録されたものが、大谷派光照寺（南殿）の粟津家に伝来していたことが判明したことになるが、『釈教歌詠全集』の発刊が昭和九年（一九三四）のこととて、戦争への歩みが激しい時代だったので一般に周知するところとならなかったようである。

しかしこれで、無常の詠歌が蓮如上人の詠歌として、落着確定できるかと言うとそうではない。それは、詠歌の註に、

親鸞上人が得度の折に、「明日ありと思ふ心は櫻花夜半に嵐の吹かぬものかは」と古歌を口ずさみたりと伝へらる。此歌は彼より脱化せるものなり。

とあり、親鸞聖人が、古歌を詠まれて、それが下敷きとなって脱化したものであるとされ、唱導上に伝わる親鸞聖人出家得度時に詠まれたとする歌をもって本歌として、蓮如上人が本歌取りをなさったという仮の解釈と受けとり、私はこれをもって結論とはしなかった。

何故なれば、今ひとつの懸念として、蓮如上人の詠歌が、時代を遡って親鸞聖人の詠歌となったのかを問うと、これまた難問。親鸞聖人の詠まれたとする古歌の本歌取りに類するものであるかは、古歌がなければならず早々には結論に至らず、相変わらず、平安朝の歌人などの可能性を求めて彷徨っていたのである。

二　『釈教玉林和歌集』

本書は寛政十一年（一七九九）、江戸時代に釈教歌として用いられた詠歌を網羅したもの

で、そのうち親鸞聖人の詠歌は三十二首収載されている。その三十二首全部が「真偽糺し難し」とされ、続いて、「此のほかには玉葉集に二条院讃岐応対のうた、何れとも善信とは別人なり。讃岐は頼政の息女と知るべし。荒血山にてのうた、鋸坂の詠、その外極性寺にてのうた、本誓寺名号の脇に「越後路に身はうきくさとなりぬれど猶いつまでかたづねきつらん」の二首、八房梅のうた、枕石寺おもかげの歌など、信用しがたし。又いろはうたとていままでの六趣四生にめぐりきて等の歌、これらは決して聖人の詠歌にあらず」とあって、すべてが疑わしいとしている。詠歌の用いられた状況を詳しく書いているので、歌われた状況を知ることが出来、すべてが門弟などからによる伝承であることが知られる。

無常の詠歌「明日ありと……」については、「あす迄と思ふ心のあたさくらよるはあらしのふかぬものかは　和泉式部」と、和泉式部の詠歌とされており、古歌の可能性もあり、すでに存在していたことになっている。このことについては、古歌の項にて検討する。

三　粟津義圭の『御伝鈔演義』一への見方を変える

旧笠原別院本誓寺所蔵の実如上人証判本『御文章』の「抑このごろ当国他国のあひだ」

（「十劫邪義章」文明七年二月二十五日付）に書き込まれた詠歌は、蓮如上人の詠歌であったことが判明し、寛文十年（一六七〇）粟津元隅による写本が大谷派の坊官だった粟津家に伝わっていたことと、『釈教歌詠全集』に収録された蓮如上人の詠歌と同じであったことが確認された。しかし、同じ粟津姓であっても、『御伝鈔演義』の著者・粟津義圭は「諦住」として『真宗僧名辞典』『真宗学匠著述目録』に出ており、生年不明、大津響忍寺所属。蓮如上人の詠歌を伝承していた粟津家は、山科光照寺で東本願寺の坊官、後に出る『しんらん記』の発刊禁止にかかわった粟津右近のお寺で、混同されやすい。

粟津義圭の『御伝鈔演義』一・三十九丁甲を改めて見てみよう。

「明日までと思ふ心はあた桜夜は嵐の吹かぬものかは」

「日頃の願望なれは、一時も速出家いたしたふこそ存すれ、生死無常の世の分野《ありさま》、寝た間もしれぬ不定の命、もし父母の如く命終りましたらは、日頃の願もいたづら事になりましゃう間、片時も疾《はやう》といそぎ玉ふゆへ、此段僧正へ言し達する処に僧正甚だ御感心あて、最初一目見しに違《たがは》ぬ名僧哉と喜せられ、然らば児の望の通り何かは障り候へき、今宵出家を遂げさせよとて、夜分遽《にはか》に御髪を剃らせられた、爰をよう聴聞あらふは一往ていへは明日までと思ふ心の化桜て、夜来風雨声、花落知多少、花見を明日とのばされぬは夜の間の雨風を恐るゝ如く、生死無常は此世の俗《ならひ》、一夜の間も危《あやふ》しと御いそぎなされた、再往是を考へて見れば、御いそぎなされたこそ道理なれ、聖人の御出家が一日おそなはれれは、衆生の往生が一日おそなはる、一日はやければ衆生の往生が一日はやまる、夫れゆへ明日の御得度をさしいそがれ、今宵に取りこして御出家を遂させられた。（傍線筆者）

義圭は、詠歌の本歌が、唐詩の孟浩然「春暁」にあり、詠歌の要素である春・夜・嵐・花の根拠がここにあると言っている。さらに、春・花の季節は同じでも花は自然と日本では桜となっているのである。「春暁」には、

春眠　暁を覚えず（春の眠り、知らぬまに朝を迎える）
処処　啼鳥を聞く（あちこちから小鳥のさえずりが聞こえる）
夜来　風雨の声（昨夜は風と雨の音）
花落つること　知らん多少なるを（花はどれほど散ったのだろうか）

（川合康三編訳『中国名詩選』中巻、一一一頁、岩波書店）

とあり、義圭の「夜来風雨声、花落知多少」の部分は「春暁」をもとにしていることが分かる。

また本書に引用された文章に、「僧正甚だ御感心あて、最初一目見しに違わぬ名僧哉と喜ばせられ」と書いているところに留意していただきたい。

出家得度に至る経過を説明するところに、

親鸞聖人四歳の春、薄暮に庭において念仏を申されたと他流の伝にあって、二月十五日は釈迦涅槃の日は満月、「二月は春陽の時にて人の心もうきあがり花見遊山に心を奪われ、酒宴遊興に日を暮らして、死ぬると云う事を打ち忘れている時節じゃによりて、盛りの花も散るならひ、春じゃと云て油断はならぬぞ、浮世の無常を知らさんが為なり……、祖師聖人とならせられて娑婆永劫の苦を捨てて浄土無為を期すること本師釈迦のちからなり長時に慈恩を報ずべしというお勧めを稚時からの御身振りにあらせれた。」

とあって、宗派の違う伝承には「他流」と明記して区別して、無常の詠歌は唱導家として特に義圭がこだわっているが、出所は不明のままである。

四　義圭を遡る無常の詠歌資料『真宗勧化釈要鈔』

龍谷大学土井順一教授の親鸞聖人出家得度時の無常の詠歌研究の発端において、後小路薫氏の研究が知られていたが、後小路氏はその後も研究を重ねられた。そして粟津義圭の用いた無常の歌が、元禄十二年（一六九九）発行の『真宗勧化釈要鈔』という勧化本に掲載されていることを明らかにされ、

アスマデト思フ心ハアダ桜夜ルハ嵐ノ吹ヌモノカハ

という詠歌が存在していると指摘されている。

詠歌の後に続く、「今日ネガハズハ明日ネガオフズ、今日仏ヲ頼マズハ来月ト延ソウヤウハナイ」という部分が、『御伝鈔演義』の「聖人の御出家が一日おそなはれば、衆生の往生が一日おそなはる、一日はやければ衆生の往生が一日はやまる」と酷似しており、写したような文言であることから、義圭はこの勧化本を参考にしたと見られる。

引用されている文言が重要と思われるので紹介しておく。

各々此レ等ヲ聴聞有テ、驚ヲ立ラリヤウ、遠方ノ昔シ語リデハナヒ、近キ日本ニテノ

コトニマシマス、早クモ後生ニ一大事ヲ心ニ掛テネガイモトメラリヤウ

　アスマデト思フ心ハアダ桜夜ルハ嵐ノ吹ヌモノカハジャ、今日ネガハズハ明日ネガオフズ、今日仏ヲ頼マズハ来月ト延ソウヤウハナイ、夜ルハアラシノ吹ヌモノカハデ

と、いま問題にしている歌がみえている。が、ここでは親鸞の詠歌ではなく、また蓮如の詠歌でもない。無常を説いて、少しも早く如来への帰依を勧めているのである。

　このように詠歌を挙げた後で、「今日ネガハズハ明日ネガオフズ」という文言があるが、傍点を施した部分が、粟津義圭の『御伝鈔演義』にそのままとりいれられていることから、『真宗勧化釈要鈔』を底本にしていることが知られる。

　この詠歌は、親鸞のものでも蓮如のものでもなく、ただの無常を詠んだものと言っておられる。高田本『御文章』「十劫邪義章」に附された詠歌も、邪義からの脱却を促した文で、惑わされずに早く阿弥陀仏に帰依すべきだと信心を勧めておられるだけであった。親鸞聖人の出家が一日でも早くなれば衆生の往生も早まると受け止めたところに問題が生じた可能性がある。これから考えても、この『真宗勧化釈要鈔』の詠歌は、高田本『御文章』から出たものではないかと推察されるのは、文言が変わらないところにある。

以前に高田本『御文章』の研究から波及したのではないかと類推していたこともあり、この研究は重要だ。ただ、著者は詠歌と『御文章』とは、何の関連性も持たないと言われているが、これには同意しかねる。

粟津義圭が『御伝鈔演義』に、親鸞が出家得度に際して、明日執り行うと言われたことに対して、「明日を待て」ということではありますがと、受式者が意見を述べたという設定は、戒師に対してあり得たことなのか疑問であるが、ここで親鸞が、古歌であるとしても詠歌を詠んで、受式を早めてもらったという設定が、親鸞の詠歌とみなされる誤解を生むことにつながったのではないかと思料する。江戸時代初期の資料は希少であり、高田本『御文章』とのつながりを示す資料がなかっただけに、後小路氏の研究を多としたい。

五　霜雪をもいただく

覚如上人の『御伝鈔』には、親鸞聖人の父有範卿が皇太后宮の大進であったことから、「朝廷につかえて霜雪をもいただく身の上」であったと述べておられる。義圭は、この「霜雪」という言葉も「高蟾が詩」と出典を書いて無常を表している。

高蟾が詩に、人生まれて頭をして雪の如くならしむこと、たとひ春風を得れどもまた消えず、少壮自分の髪は黒々として見事に、例えば春夏の間の木々の盛んなるが如きも、年のよるに随って頭の髪もいつしか雪霜を戴いたように皓首になる、冬の間の雪霜は春を迎ふるほどいとど白ふなる、油断するなという詩のこころなり。

覚如上人が、すでに高蟾の詩を引用されていることを指摘し、『御伝鈔』が中国文学の影響を受けていることを解説している。

六　「古歌謡」

『国歌大系』第一巻「古歌謡集」によって無常の詠歌を見てみよう。

仏教において諸行無常は基本的な考えであり、諸行無常・諸法無我・涅槃寂静は三法印、これについて伊呂波歌すなわち、

色は匂へど散りぬるを我が世誰ぞ常ならむ
有為の奥山今日越えて浅き夢みじ酔ひもせず　（伝空海作）

とあって、『涅槃経』の「諸行無常・是生滅法・生滅滅已・寂滅為楽」という仏教の大綱

を表した文言があり、これは、古歌謡として平安時代から歌い続けられてきたものである。古歌謡として伝承される範疇は、今様・宴曲・和讃などがあり、親鸞聖人に和歌はないものの、和讃は多く詠まれている。これを讃嘆に類するものと、綺語に類するものとに分けて考えるのは、仏教では綺語を十悪の一つと考えたからである。

宴曲「真曲抄」無常

無常は春の花盛り、林をかざる夕の色、移ろい易き匂ひの、嵐に随ふのみならず、黄葉の脆き秋の梢、時雨に堪ひぬ別れも、生滅共に終てし無く、其の車の回るに異ならず……

解題によれば、「宴曲は鎌倉時代に起こった謡いもの」で、沙弥明空によってまとめられた。正安三年(一三〇一)八月上旬之比録之畢とあるから、親鸞聖人の御在世の頃に流行したものらしいが、「明日ありと……」の詠歌は、春の無常を述べたものであり、親鸞聖人九歳の頃となると、一〇〇年以上遡らなければならず、少し違和感がある。

古歌に類する歌に『千載和歌集』春歌下一三一に、

花はみなよその嵐にさそはれてひとりや春のけふはゆくらむ　　法印静賢

とあり陽明本は「よもの嵐」、花は春の嵐に枝を辞し、私は一人孤独で春の日を送っている、無常の寂しさを古歌として歌っている光景も、無常を詠んだ類歌と思われる。

同じ春の歌一一四の、

水辺のやまぶきといへる心をよめる

吉野川岸のやまぶき咲きぬればそこにぞふかきいろはみえける

が、藤原範綱卿の歌である。花・嵐・散ることの無常を詠んだものであることから、これらが起源かと考えたこともあった。

『古今和歌集』を読むと、桜と無常を詠んだ歌が四十九首より八十九首まで花の散りゆく姿を表しており、九十首より百十八首まで花の歌群があり、春といえば桜、桜は散る世のはかなさを歌に日本人の心を反映させている。これほど多くの和歌があるのに、粟津義圭は、何を根拠に唐詩「春暁」を用いて無常を表したのか疑問が生じていたのだが、古来の伝承を本としていたのだと思うと、その資料が気になる。

後年本願寺十七代法如上人は宝永より寛政年間に「光闡百首」に、

六日の暁、夢さめて後、開山聖人の御詠歌に「ありがたやたふとやとこそいはれしはみだたのむ身のひとりごとには」とあそばされしことをおもひいでて

この時三首の詠歌を作られている。これにより、親鸞聖人の詠歌とされるものが伝承され

ていたことがうかがえる。

『蓮如上人言行録集成』蓮如上人一期記百七二によれば、

　世の中のあまの心をすてよかしめうしの角はさもあればあれ

　鳥部野を思やるこそ哀なれゆかりの人の跡と思へば

がある。

隆寛律師の『一念多念分別事』には、「人のいのちは日々にけふかぎりとおもひ、時々にただいまよやをはりとおもふべし、無常のさかひは、むまれてあだなるかりのすみかなれば、風の前のともしびをみても草のうへのつゆによそへてみれば、無常は時が違っても同じ」とある。これは親鸞聖人が、建長七歳四月廿三日、八十三才の時の写しであって、法然上人門下の無常観が表わされたものとみなされる。

『釈教玉林和歌集』には、和泉式部の詠歌として、「あす迄と思ふ心のあたさくらよるはあらしのふかぬものかは」が掲載されているが、編者がどこから転載したのかは謎である。

現在に伝わる和泉式部の和歌で、無常を詠んだ詠歌が数首ある。

　もみじ葉は夜半の時雨にあらじかしきのふ山べを見たらましかば

この歌は「山の紅葉は時雨に全て散ったことでしょう、昨日のうちにお誘いに応じて山に見物に行ったならなあと今にして思っています」と、春の桜、秋の紅葉、季節こそ変われ同じように夜半の嵐で散る、無常を詠じたものである。そのほかには、

こよひさへあらばかくこそ思はへめけふくれぬまの命とも哉
ゆふぐれはものぞかなしきかねのおとあすもきくべき身とししらねば
人しれずもの思ふことはならひにき花に別れぬ春しなければ

などの歌がある。

『和泉式部日記』「風の前なる」など、ひとりごちてみな散りぬらんかしのところの「風の前なる」は、通説では、「寿命猶如風前燈燭」（『倶舎論』）と頭註にある「風前の燈火」は、世親の言葉であったと指摘されている。『倶舎論』には、世間は「壊れるもの、疑妄に満ち、煩悩などの障害がある」という観点から、その世間を越える世界をいただくことが仏教であり、現実世界を強調したり詠嘆することは十悪とし、綺語を慎むのが仏教であった。

しかし、この娑婆・世間、煩悩中心に生きる人々に対して教化するためには、現実を示す方便が必要となり、道歌はその必要性によって用いられて来た。

『しんらん記』などに、出家の前提として書かれている「飛花落葉の風の前」という表現は、和泉式部の詠歌など、平安中期の詠歌の影響を受けているものと推察されるが、宗

門内の人々に用いられることはなかった。

七　蓮如上人の詠歌と粟津義圭の用いた詠歌

蓮如上人の詠歌

あすみんとおもふこころはさくら花よるはあらしのふかきものかは

義圭の書いた詠歌

あすまてとおもふこころはあたさくらよるはあらしのふかぬものかは

わざと二つの詠歌を平仮名で並べてみると、文言にさしたる違いはない。義圭は蓮如上人の詠歌について言及がないが、蓮如上人自身は詠歌に造詣が深かったといわれることもあって、二人の思いを比較検討してみると、「あすみんと」・「あすまてと」、「さくらばな」・「あたさくら」の二つが異なる。

蓮如上人は『新古今和歌集』について詳しいと聞くが、『古今和歌集』の中に、無常の詠歌の元になったのではないかと思われる詠歌がある。

紀茂行の歌、

桜をうえてありけるに、やうやく花さきぬべき時に、
かのうえける人身まかりにければ、その花を見てよめる
はなよりも人こそあだになりにけれ
いづれを先に恋ひんとか見し

この詠歌は、桜を植えて花の咲くのを楽しみに待っておられた人が、花が咲く寸前に亡くなってしまわれた後に、その花を見て詠まれたとあって、無常そのものの事実が詠まれている。

これを蓮如上人は、花も人も無常、寓意でもない、世の常であるとの示唆と受けとめておられるという。

『浄土真宗聖典全書』五「相伝篇下」の「蓮如上人和歌集成」概説に、「本歌取りの手法」が書かれており、本件は本歌取りではないけれども、似通った哀傷の歌として考える資料とした。なお、親鸞聖人が詠歌を詠まれたかどうかは別である。

八　親鸞聖人が無常の詠歌を詠まれたとする根拠

「明日ありと……」の詠歌を、親鸞聖人が詠まれたとするものとして、禿氏・橋川両氏が古歌として存在を認めておられることがあるのは、唱導の参考書に散見するところの伝承によるものと思われる。

『蓮如上人御一代記聞書』末　二四四に、

一、同御病中に仰られ候。今我いふことは金言なり。かまへてかまへて、能意得よと仰られ候。又御詠歌の事、三十一字につゞくることにてこそあれ。是は法文にてあるぞと仰られ候と云云。

法文歌は仏典の句を歌題にして旨趣を詠む今様である。『蓮如上人御一代記聞書』二にある『高僧和讃』や『観経』の「光明遍照十方世界」の文のこころの説明に法然上人の「月かげのいたらぬさとはなけれどもながむるひとのこゝろにぞすむ」をひき合いにして御法談候とある。

その他祖師の歌とするものを伝えておられ、三十一文字即ち和歌を仏教を伝える法文と重視されていたこともあって、唱導として親鸞聖人が口ずさまれたとされると、さもありなんと本歌に類するものがあると考えるのが宗門人なのである。

九　親鸞聖人は無常の詠歌を詠まれなかったとする根拠

親鸞聖人が出家得度の時に詠歌を詠まれたということはあり得ないと考えられることの一つに『開宗暦譜』（架蔵）がある。本書は唱導の写本で、江戸末期より明治に活躍した、大谷派越前専念寺、五楽隠無休大玄記。『視聴記』『報恩講式』によって記述したもの、大谷派の伝承を「谷伝」と伝承の元を明記している。

『開宗暦譜』（写本）においては、慈鎮和尚の元での得度は、僧尼令の定めるところにより、朝廷の許可手続きを経て、戒師の元で灌頂が行われるものであることを詳述し、私的な事情に左右されるものでないことを述べている。暗に詠歌を詠んで儀式を早めていただいたという説を否定しているように窺える。

出家得度して僧として求道の生活をすることは、世の無常を越えて、涅槃寂静を得るためのものであり、仏教としては当たり前のこと。受式者が先に無常の詠歌を述べて得度を催促するということは、戒師の言葉を先取りし、主客転倒になる。こうした談義は、唱導として後から聴衆の心をつかむためには有効かもしれないが、儀式としてはあり得ないことであり、作為が感じられる。

以下に引用しておく。

本文

三月十五日松君出塵、戒師は慈鎮和尚也。剃司は権智房阿闍梨性範、松君改め範宴少納言と仮名す。

出家得道の式は、戒師香湯をもって頂に灌が、讃じて曰く、

善哉大丈夫　能了世無常　捨俗趣泥洹　希有難思議矣

行者　十方仏を礼し竟て偈を解いて曰く、

帰依大世尊　能度三有苦　願令諸衆生　普入無為楽矣

阿闍梨乃為剃髪、旁人為出家唄を誦して曰く、

形をこぼち、志を切に守り、愛を割ち、親の処なく、家を棄て、聖道を弘め、一切の人を度せんと願う。（清信士度人経）

とあり、得度の前に詠歌を詠んだということはなく、むしろ正式な得度においては、戒師

の方から無常の道理をわきまえることを勧めることが儀式の中身となっていることを示している。このことを見ると無常のありさまを観じることが出家の勤めであると諭されるのであるから、出家以前に受戒者が無常だと語る必要はない。

最後に親鸞聖人が詠歌を詠まれる状況になかった事を示す証拠に『開宗暦譜』の記述を述べたが、法然上人に師事されて『選択本願念仏集』を伝授されるのであるが、その中の「深心」に、阿弥陀仏を讃歎する以外に自分のことを語っている暇がないことであるとしるされており、親鸞聖人もその後自らを語ることがなかったものと思われる。

粟津義圭の著作とされるものの中に『御文浚溝録』があり、聖人の詠歌について「奇特に非ず」として、自信を示しており、何かを脈々と伝承している態度を持っている。義圭没後に出版された『御文高顕録』の付言として述べられている伝道における十四項目の心得の中に、

法談は本学者より出るとしても、学者の知るところにあらざるなり、不可言説の所あり、ただ仏教のみを語って人道に暗きときは、その談変化なし難し、聴く者鬱陶たり、故に文質彬々たることを要す

と、自由奔放に語ることでなければ大衆に受け入れられない。事実であるとかないとか難

しいことを述べても効果はなく、仏教だけを語って一般人の感覚がなければ聴衆は鬱陶しいだけであると述べている。

こうなると、下手に資料とすることが出来ないことになるが、何も根拠なしには語っていないのであろうと思いながら調べているうちに、粟津右近の関わって発禁になったものの中に『御伝鈔双紙』というものがあったとされるということがわかったが、これについての研究はない。

義圭には、『御文章』の解説書があり蓮如上人についての研究もあるが、これは『蓮如上人遺徳記』から述べられたものである。『真宗勧化釈要鈔』は、『御文章』の勧化本であるから、関連資料として手沢の中にあったのだろうと思われる。

十 『しんらん記』の影響か――言い回しに疑念

親鸞聖人伝の研究に取り組んだ時の話題として土井順一教授から、再三『しんらん記』についてお尋ねがあったが、発売禁止になった本のこととて、浄瑠璃本の架蔵はあっても、古浄瑠璃については知るところではなかった。しかし、無常の詠歌を詠まれたことによって得度が今宵の内に行われたとする設定が、芝居がかっているという認識は一致していた。『御伝鈔』の研究の中で、『御伝絵照蒙記』の中に、知空師が贋書として認められないと書いておられる。

『しんらん記』の記述

さてもそののち、それ天竺にて天親菩薩、唐土にて曇鸞、さて日本に出生あつて、天親の親と曇鸞の鸞とをかた取、親鸞と現れさせ給ふ、由来を詳しく尋ぬるに、神武天皇七十七、後白河の院の御宇に当たつて、天津児屋根の御苗裔、大織冠より廿一代にあたつて、皇太后宮の大進有範とて、公卿一人をはします、然るに有範、御子一人もち給ふ、御年九歳と申す春の頃、有範御心に思し召やう、それつら〳〵事の心をあむするに、飛花落葉の風の前には、生死の境をのがれん、しかれば貪・瞋・痴の三毒に迷い、煩悩の絆に結ぼをれ、いかにとして、彼の岸に到らざらむ、爰をもつて案するに、われ一人の子を持たり、彼を慈鎮和尚の御弟子にまひらせ、これを菩提の種として、後世願はんと思しめされ、幼童をさしそへ給ひ、叡山へと送らるる、みてらにもなりしかば、慈鎮和尚へ此よしを申上る、慈鎮御出有て、対面なされ、つく〴〵と御覧じて、扨も幼顔美麗なる少人かな、いか様ただ人にてはよもあらじ、菩薩の再誕にてあるらんと、御よろこびあつて、此上は出家を遂げさせまいらせんと、丈と等しき御ぐしをやがてをろし給ひつゝ、すなはち御名をぜんしんのごぼうとつけたまひ、かくて年月をおくらるゝ。

これは、真鍋廣濟編『親鸞文学集』昭和三八年刊（古典文庫）よりの抜粋、文章はひらがな文であったので、読みやすく便宜上漢字まじりとしてみた。

この文章は古浄瑠璃の台本で、親鸞聖人の出家得度に至る経過を口上として述べられたものの最初の部分である。

親鸞聖人の出家得度時の詠歌として、「明日ありと……」について、いつ頃から織り込まれるようになったのかを考えるに、江戸時代初期に盛んとなり、中期にはふっと消息が途絶える。また明治に至って末寺住職の絵解きが禁じられると、無常の詠歌が御文章の説教の中に組み込まれ、信心を勧める決まり文句として定着する。『しんらん記』は、禿氏祐祥師によれば寛永頃に出版されたとされているので、江戸初期の傾向を読み解けるのではないかと考えた。

この『しんらん記』によれば、有範卿の意思によって「飛花落葉の風の前には、生死の境をのがれん、しかれば貪・瞋・痴の三毒に迷い、煩悩の絆に結ぼをれ、いかにして彼の岸に到らん」と発心され、「慈鎮和尚に此の由を申し上げる」という記述となっている。

これは、親鸞聖人の得度を明日に執り行うとされた時に、「明日ありと……」の詠歌を述べられた事によって、その日のうちに剃髪の儀式が行われたとして、江戸時代初期にすでに「飛花落葉の風の前には、生死の境をのがれん」が、詠歌そのものの存在を暗示していること、「慈鎮和尚へ此よしを申上る、慈鎮御出有て、対面なされ、つく〲と御覧じて、扨も幼顔美麗なる少人かな、いか様ただ人にてはよもあらじ、菩薩の再誕にてあるらんと、御よろこびあつて」というところの二箇所の記述は、『御伝鈔演義』と極似している。古浄瑠璃の内容が『御伝鈔』をもとにした説教に取り入れられたと思われ、宗門として、古浄瑠璃の『しんらん記』の発売禁止の処置に逆行し、歴史的事実を文学的表現へとふりかえてしまったことになる。

『御伝絵照蒙記』を書いた知空師は、『照蒙記』下之三四に、

　世に一巻の贋書あり、この段の事績を委細に書けり、されども、終始相違多し、毎年節分の夜、さそいてこれを詠む事を好むもの、こぞりてこれを聞く、いつの代より読みそみて誰の作と云うことを知らず、兎もあれ角もあれ誤りなり、用いることなかれ

と書いている。

親鸞の古浄瑠璃について、真鍋廣濟師は、談義僧によって流布していた親鸞俗伝を、当時の浄瑠璃作家が筆力にまかせて、多少の修飾を加えて書き上げたものと見るを至当と思われるとし、井原西鶴の『世間胸算用』第五、平太郎殿の一節として「毎年節分の夜は、門徒寺に定まって平太郎殿の事讃談せらるるなり、聞く度に変わらぬ事ながら、殊勝なる義なれば、老若男女ともに参詣多し」と引用しておられることからして、知空師も八通りの資料の一つとしておられたことが明らかであるが、義圭の底本としていたのが、発禁となっていた『しんらん記』、もしくは同じく発禁となった『御伝鈔双紙』であったのではないかという推論が成り立つように思われる。

本稿の主たる目的は、蓮如上人の詠歌を基に無常の詠歌がどのように発展して来たのかという事実確認が中心であった。

栗津義圭という人は、知識が豊富であった。おそらく、古浄瑠璃の『しんらん記』も手沢の中にあったに違いない。そして、『しんらん記』には、親鸞聖人の父、有範卿が、「飛花落葉の世の中や」という無常をもって息子を出家させた、ということになっており、この無常と勧化本の中の「あすみんと……」の詠歌を結びつけ、置き換えた可能性があると思われる。

むすび

出家得度時に詠歌を詠むことがあったかなかったかに問題を感じ、蓮如上人の詠歌が親鸞聖人の詠歌にどうしてなってしまったのかを考え続けて来たが、やはり蓮如上人が「十劫邪義章」の『御文章』の解説に用いられた詠歌が、『御文章』の解説書（『真宗勧化釈要鈔』）に取り込まれ、伝えられたこの詠歌を、粟津義圭が『御伝鈔演義』の中で親鸞聖人の出家得度時のものとして便宜上置き換えて用いたことにより、やがて親鸞聖人が詠まれたというように誤り伝えられていったことであろうと推察できる。

蓮如上人が詠歌をもってお説きになったのは、親鸞聖人の仰せ、「もしまたこのたび疑網に覆蔽せられれば、かへつてまた曠劫を経歴せん」ということを言いたかったと思われる。今生における虚妄という障害を取り除きたいという意志の表れと、同じ障害の無常の混同が、混乱の原因のように思われる。

数々の資料をもって勧化本を制作していた義圭が、何度も出家得度の場面を語るについて、『しんらん記』の「飛花落葉の風の前」という文言を置き換えたことにより、蓮如上人の詠歌が親鸞聖人の詠歌に変わった可能性がある。しかし、その後、無常の詠歌が迫真の光を放つようになったのは、幕末から明治にかけて、多くの人々が親鸞聖人の詠歌として受け入れたことにより、一層喧伝されることになった。

無常の言葉を、「飛花落葉の風の前」から、「明日ありと……」に置き換えて、試みに出版したのが『御伝絵教授鈔』、一年経って自己の名前で出版したのが『御伝鈔演義』、何れも「義圭」はペンネーム、本名は粟津諦住と考えると、霊潭亡き後の出版であったことも了解できるが、如何であろうか。

資料の少ない事の一因は、江戸初期に行った大谷派の『しんらん記』と『御伝鈔双紙』の出版禁止、また明治に入って末寺住職による絵解きの禁止があったことと、東西分立の影響が考えられる。

なお、鈴木正三と一休話に江戸初期の伝承として無常の詠歌が取り込まれていることについても、仮名草子の解説を見ても不詳とされているが、古浄瑠璃にあっては、宗旨の境を越えて影響を与えるものであると思われるのは、『しんらん記』二段目に、「わづかの此の世は一きゅうせかいとて、ひとやすみの国にいつまであらんやうに思ひ、後の世を願はず、たちまち地獄へ堕ちん事をかなしみ」とあって、無常を越えるべく世論を形成しているところがあり、「田舎一休噺」として形成される一つの例であろうと思われる。唱導の参考書に記載されているということは、すでに一般に普及した事実に基づいているものと思われる。

参考文献

『御伝鈔演義』粟津義圭　平安書肆　一七七四年
『釈教歌詠全集』河出書房　一九三四年
『蓮如上人遺文』稲葉昌丸編　法藏館　一九三七年
『釈教玉林和歌集』先啓　一七九九年
『親鸞文学集』真鍋廣濟編　古典文庫　一九六三年
『浄土真宗聖典全書』五「相伝篇下」浄土真宗本願寺派総合研究所編　本願寺出版社　二〇一四年
『国歌大系　古歌謡集』国民図書　一九三一年
『和泉式部日記・和泉式部集』新潮日本古典集成　新潮社　一九八一年
『古今和歌集』『新古今和歌集』『日本古典文庫』一二　河出書房新社　一九八二年
『御伝絵照蒙記』知空　丁子屋西村九郎衛門刊板　一六六三年
『勧化本の研究』後小路薫　和泉書院　二〇一〇年

第三章　親鸞聖人の伝承
――「親鸞聖人御臨末の御書」についての一考察

はじめに

親鸞聖人は、阿弥陀如来の「真実信心」を法然上人より聞かれ、そのままを伝えたいと努力されたようだと学んで来たが、実際に我々が伝道に関わると、それらの伝承が習俗や時代背景によってゆがめられていることを痛感する。何とか親鸞聖人の辿られた歩みの中から、聖人のお心を汲み取るべく伝承をひもとくと、また真偽の闇につつまれる。

私は、近年親鸞聖人に関わる詠歌の伝承についての研究の機会に恵まれたことにより、「御臨末の御書」について疑義を持つ人が多く、私もまた自らの問いとして、安易に伝承を用いるべきかどうか疑問視してきたこともあって、考察を試みることにした。

最初に、『真宗大辞典』(1)に載せる「御臨末の御書」は、

我歳きはまりて安養浄土へ還帰すといへども和歌の浦の片雄浪のよせかけよせかけ帰らんに同じ。

一人居て喜はば二人とおもふべし二人寄りて喜はば三人と思ふべしその一人は親鸞なり

我なくと法は尽まじ和歌の浦
あをくさ人のあらんかぎりは
弘長二歳十一月
愚禿　親鸞　満九十歳
西念御房

となっている。これを手がかりとして、可能な限りさまざまな資料を集め、いかなる状況において発祥し、変化を遂げて来たか、そして今日的にどのような意味を持つのか論考したい。

一　伝承の発祥

1　伊勢本福寺西念説

親鸞聖人の遺書として刊本に最初に見られるのは、明和八年（一七七一）発行の『親鸞聖人御一代記(2)』である。

この書は、『御絵伝』の解説書で、いわゆる「御臨末の御書」ではないが、末期近くに聖人を見舞いに訪れた門弟である西念に対して与えられたとする伝承がある。

第六段

爰に二十四輩の高弟も、遠国の人々は未御異例の趣をもしらざりき。かかる処に二十四輩の第七西念御房は、久しく御面謁をもとげざりければ、御見向の為とて登着せらる。其頃は勢州大別保村本福寺に移住有つるが故なりとぞきこへし。（中略）

此節も、御不預のさまに見へさせ給へども、深重の事にもあらざりければ、数日給侍申されたりけれども、御いとま給はりけり。其時聖人のたまはせけるは、老衰と云病身といい、生前の再会期しがたし、かたみのために此をのこすぞとて御真筆をぞたまわりけり。

其御文曰

超世の悲願聞ぬれば、われらは生死の凡夫かは、有漏の穢身はかはらねど、こころは

浄土にあそぶなり

南無阿弥陀仏

御詠歌に曰く

恋しくばなむあみだ仏を唱ふべし

われも六字の中にこそあれ

南無阿弥陀仏

ヶ様になされ御付与ありき。即御名年号等、自御しるしありてぞ給はりける。和讃

御詠歌今に遺りて此寺の宝物となれり。（傍線筆者）

伊勢の本福寺における伝承の元となる文書が存在しないため真偽は未詳。ここで和讃のような文の前に説明があり、「聖人のたまはせけるは」以下の傍線の部分の言い訳が遺書めいてくると思われるが、とりあえず西念が親鸞聖人の終焉間近にお見舞いに上がり、文を頂戴したというこの伝承の例を［Ｉ］とする。

2　性信説

親鸞聖人常随の門弟であった性信と箱根での別れの際、聖人が門弟を思いやって、「病む子をばあづけて帰る旅の空心は爰に残りこそすれ」（伝承［Ⅱ］）と詠歌をお詠みになり、また性信が聖人の病気見舞いに訪れた時、お別れに遺書を書かれたとする説で、『親鸞聖人箱根御別物語』(3)に記されており、御消息は次の通り。

愚老年つもり病に犯され候間追付往生の本意をとぐべく候今は唯極楽の蓮台にて一味の衆中を相待つばかりに候あなかしこ〲。

弘長二歳十一月　親鸞

又　別れ路をさのみなげくな法の友
　また逢ふ国の有とおもへば

のちに
　有難やまた逢ふ国のありと聞
　南無阿弥陀仏のぬしに成身は　性信

『親鸞聖人御遺言法語』(4)にも似たような記述があるが、発刊した光照寺が故意に伝承を偽作した疑いがある。東国の御旧跡寺院に早くから遺書があったと宣伝されていたことになぞらえたものであろう。
この伝承［Ⅲ］を詳しく物語るのが、『阿弥陀経説教』(5)、『親鸞聖人御一代記説教』(6)も同じ説である、聖人の遺書とするものに自らの詠歌を付することに疑義がある。

3 如来寺説

佐々木月樵著『親鸞聖人伝』(7)第三十章「稲田草庵」の項目に柿の岡の如来寺を紹介している。

「我今安養浄土に還帰すと雖ども、和歌の浦波の片雄波のよせかけよせかけ来たらんに同じ。一人居てよろこば丶、二人と思ふべし、二人居てよろこば丶、三人と思ふべし。其一人は親鸞也。」

これ、即ち、今日我宗祖臨末の御書として伝ふる所のものにあらずや。一説には、宗祖乗然に与へ給ひしものなりと伝ふ。この寺は、もとは、当国信田郡霞ヶ浦信田の浮島にありしを、後柿岡に移したるなりとは、『大谷遺跡録』二、『二十四輩』五にも記する所也。

文中に「宗祖臨末の御書」と紹介、詠歌は付属していない。後日発刊された『親鸞伝叢書』[8]には、資料として「先啓了雅」の著した『浄土真宗聖教目録』を載せ、この中に「祖師示西念文」（後人所造乎）があり、古筆の存在したことを思わせる。

この寺の伝承を詳しく紹介しているのが『真宗故事成語辞典』[9]で、詠歌が付され大正六年（一九一七）の大谷派の『真宗聖典』[10]に「御臨末御書」を掲載し、宗派として認めていた時代があった。

なお、『親鸞と茨城』[11]では、寺伝そのものが改められ、伝承も疑わしいものであったようだが、古来、「御臨末の御書」が存在すると主張し続けてきたのは主にこの寺院であったと推定される。伝承［Ⅳ］。

4　詠歌の伝承

「御臨末の御書」には一般的に、「我なくも法は尽せじ和歌之浦あおくさ人のあらんかぎりは」の詠歌を伴うとされる。

『御伝鈔演義』には、越後でのお別れに詠歌を詠まれたとする。

『御伝鈔演義』[12]第四・四十二丁乙

祖師聖人越後ノ国ヨリ常陸ノ国ヘ越玉フ時、アル同行御衣ノ袖ニスガリ、深ク名残

ヲヲシムダレハ、聖人取リアヘ玉ハズ一首ノ御歌ヲアソバサル、我ナクト法ハツキジ
　和歌ノ浦ニ弥陀ト衆生ノアランカギリハ。
「我なくと法はつきじ和歌の浦に弥陀と衆生のあらんかぎりは」。今日「御臨末の御書」と伝えられる文に付属した詠歌の類歌である。ここでは詠歌を越後より関東へ向かわれる別れの場面に親鸞聖人が歌われたことになっており、「我が歳きわまりて安養の浄土に還帰すといえども……」という消息風の文言は見あたらない。

本書の第十の三丁裏に再びこの詠歌を載せ詠歌の意味を解説している。

　此御歌、別れのありがたふ聴聞あらふは、初の五文字を我なしとと置かせられたは、善導大師御礼讃に、彼仏今現在世成仏当知本誓重願不虚衆生称念必得往生とある文の意がこもりてある。左ほど我に別るゝ事を悲しむが、これを能く聴け、生者必衰会者定離は娑婆のならひ、上は大聖世尊を初め御心に任せぬは生死の別れ、ましていはんや其余の人々おや。今一旦の別れは定りごとなれば力及ばぬが、我今此を去て、設し今生での対面ならずとも、必ず〳〵力おとすな、阿弥陀如来の今現在してましますもの何の心ぼそひ事があるぞと云の御意じゃ。

以下引用が長くなるので要約すると、「みのりはつきじ」は本願のはたらきがあること、

「和歌の浦」は日本を表し大乗相応の地、「弥陀と衆生」は悩める衆生あれば阿弥陀仏がはたらかれ、かりに親鸞がいなくとも心配はいらないという説明になっている。

著書山の如しと言われ、談義本を出版した博識の著者であっても、詠歌のみで「御臨末の御書」に近い伝はない。

「我なくと法はつきじ和歌の浦に弥陀と衆生のあらんかぎりは」の詠歌の例を伝承［V］とし、類型を『御絵伝教授鈔』⑬、『御伝縁起指図鈔』⑭、『親鸞聖人御化導実記』⑮、『親鸞聖人御一生記絵鈔』⑯、『御絵伝勧説』⑰などの、いわゆる談義本に見ることが出来る。

二　伝承の収集と出版

主に御絵伝の絵解き説教の本に掲載されたと思われる「御臨末の御書」が収集され、江戸時代末期に出版された。

1　『聖代老乃手鼓』

『御開山聖人一代記絵鈔』⑱と、佐々木月樵著『親鸞聖人伝』の「親鸞聖人伝一覧」の六

二、『聖代老乃手鼓』[19]の中に「御臨末の御書」が載せられていると紹介している。

『聖代老乃手鼓』は、上中下の三巻によりなるもので、この書の下巻、目次「三聖往還回向之総結」に、「宗祖往還」の項目として「御遺訓」を載せている。

○御遺訓

愚老年積リ病ニヲカサレ候間追付往生ノ本意ヲ遂ヘク候、今ハ只極楽ノ蓮台ニテ一味ノ衆中ヲ相待ハカリニ候アナカシコ〳〵。

弘長二歳十一月　親鸞

△我無ト法ハツキセジ和歌ノ浦ノ
蒼生ノアランカキリハ

△病ム子ヲハ置テタツ身ノ愁サ哉
心ハ爰ニ留リコソスレ

△六ノ道マタイク度カカヘリ来ン
此郷人ノアラン限リハ

十一月廿八日　親鸞　満九十歳

△上モナキ仏ノ国ニ生レテソ

思ヒノ儘ニ忠孝ヲセン

△別レ路ヲサノミ歎クナ法ノ友
マタ逢フ国ノアリトオモヘハ

○　我歳キハマリテ安養浄土ニ還帰ストイヘトモ和歌ノウラノカタオナミノヨセカケ〳〵帰ランニ同シ　一人居テ喜ハ、二人トオモフヘシ二人寄リテ喜ハ、三人ト思フヘシソノ一人ハ親鸞ナリ

古来よりの幾つかの伝承を集めて手控えとしてまとめてあったものを、要望に応えて刊行されたもののようである。

この書は伝道の資料として、往還二回向についての情報を寄せ集め整理したもので、「我歳きはまりて……」の文言は、往還二回向と当てはめていることが一つ。今までが越後での別れの場面で用いられた詠歌が、今生の別れの場面に変わっており、図らずも「我なくと……」の詠歌の後半が、「弥陀と衆生」が「蒼生」[20]すなわち衆生のみとなっていることが重要と思われる。

絵解きの台本には、当て字や略字が多い中で、この字を当てた作者に意図があったかどうかは知れないが大変身、これがすぐに「あおくさひと」という読みに変わった。

なお、詠歌を何首か載せているが、その内「病む子をば……」は、説法の場では箱根での性信との別れに詠まれ、「別れ路を……」は法然上人が流罪の際、親鸞聖人との別れに詠まれたもので、混同されている。「六の道またいくたびかかへり来ん……」は、「御臨末の御書」の思想内容そのものであるが、なぜか忘れ去られている。

ここで、今までに見られなかった蒼生の言葉を用いた詠歌を伝承［Ⅵ］とし、消息風の往還に回向を表す文言を伝承［Ⅶ］とし、これらが用いられる場面が今生の別れに変わったことを銘記しておきたい。

2 『華園文庫』(21)

月輪殿下六百五十回忌を記念して出版。内容は親鸞聖人に関する伝承がほとんどを占めている。

○御臨末之御書

愚老年つもり病に犯され候間追付往生の本意を遂べく候今は唯極楽乃蓮台にて一味の衆中を相待つばかりに候あなかしこあなかしこ

弘長二歳十一月　親鸞

又
別れ路をさのみなげくな法の友
又逢ふ国の有とおもへば
有難やまた逢ふ国のありと聞
南無阿弥陀仏のぬしに成身は　　性信
又
我歳きはまりて安養浄土へ還帰すといへども和歌の浦乃片雄浪のよせかけ〳〵帰らんに同じ一人居て喜はゞ二人とおもふべし二人寄て喜はゞ三人と思ふべしその一人は親鸞なり。
我なくと法は尽まじ和歌之浦
あをくさ人のあらんかぎりは
弘長二歳十一月
愚禿親鸞　満九十歳
西念御房
この性信の返歌と西念宛の二通が集められているが、伝承の所在は不明。

古来「別れ路を……」の詠歌は、法然上人の詠まれたものと伝えられ誤伝。二通目は消息風の往還二回向の文と詠歌が一体になって扱われた伝承のように見えるが、相互に重なり合っている。

『親鸞聖人伝』[22]、『通俗絵入親鸞聖人一代記』[23]など、二通の伝承形式は、これを受けたものと思われる。伝承［Ⅷ］。

三　批判の書

1　『真宗史稿』[24]（山田文昭著）

『親鸞聖人伝』第十一章「善鸞の異義」に付し、「聖人の終焉」の項目に若干「臨末御書」についての記述がある。

近頃世に喧伝せらるる臨末御書なるものは、当時門弟西念に送られたものと伝ふるが、こは徳川末期に至って始めて世に現れたもので、その文体といひ、内容といひ、もとより聖人のものでない。本書は他の幾多の偽書と共に華園文庫なる書に出づ。思ふに本書は聖人を以て如来の来現なりと信じたるもの丶頭にて作られたる偽書で、「我歳極マリテ安養ニ還帰ストイヘドモ」といふごとき自ら浄土から来現したることを示すもので、久遠の凡夫の自覚に立った聖人の言でないことは無論である。寧ろかの改邪抄に現れたる「某閉眼セバ賀茂川ニイレテ魚ニアタフベシ」といへる聖人の語は、よく聖人の人格を現はして居るものである。

今日この「御臨末の御書」を評して、親鸞聖人の愚禿に徹せられた人柄をもって、教学上あり得ないと否定される立場の人々は、この解説を正鵠を得たものと受け止めている。ただ、「還帰」という文言について、親鸞聖人も、法然上人を聖人と崇め、後に著された「高僧和讃」に、「本師源空命終時　建暦第二壬申歳　初春中旬第五日　浄土に還帰せしめけり」がある。当人が「浄土へ還帰す」と言えば尊大になるが、聖人と仰ぐ立場から阿弥陀仏に帰依されて救われたという、絶対の信に裏付けられた言葉であり、この用語法にならって後世の人が書いた可能性も考えられるのではないかと思われる。

また、「先啓」が著した『御絵伝指示記』(25)の「大谷廟堂建立」の説明に、「念仏ノ息絶テ浄土ニ還帰マシマス聖人ハ直也ト人ニアラス、滅後等身ノ弥陀如来也、ト尊重スベシトノ御教示タル御本廟ノ御真影ニテマシマス」、としているのは、やはり後世の人々の尊崇の余りの一例ではなかろうか。

2 『**真宗大辞典**』（第一巻、永田文昌堂）

同書の「ごりんまつのごしょ　御臨末御書」の項に、本書の底本は『華園文庫』であって、その内容を紹介し、

右の御書は二通あって、前者は性信の返歌をつけてあるから、性信宛てのものと解すべく、後者は西念房宛になってゐる。而して前者一通は往相、後者一通は還相の意を示したのであらう。然るに学者は宗祖聖人の真撰なりと信ぜず後人の偽作なりと認めてゐる。曾て某氏は云ふた、「一味の衆中」とある言葉は一切衆生にむかはれた聖人にふさはしくない。又「和歌の浦の片雄浪のよせかけ〳〵」などと云ふ「修辞的の言葉をつかふてあるのは、どうも聖人らしくない、聖人の御消息やご法語には修辞的なところがない、簡素な純朴な緊張したのが聖人の文体であると。」

と記している。

3 『**親鸞――その生涯と歴史的背景――**』[26]（高下恵著、百華苑刊）

京都時代の「親鸞の入滅」章の末尾に註を載せ、

註（1）親鸞の遺言として最も民衆に親しまれているのは室町時代の談義本に出る。

と断言しておられることは重要な記述であるが、本書においてその出典は明らかにしておられない。

四　伝承のまとめ

伝承［Ⅰ］西念宛の遺書

親鸞聖人が、終焉間近に見舞いに訪れた門弟の西念に渡されたとあるが、遺書の存在が不明確なことと、聖人の仰せ（筆者傍線）が後世のもののように明文化されていないけれども、遺書の存在するという下敷きになったとも考えられる古い伝承である。

伝承［Ⅱ］詠歌「病む子をばあづけて帰る旅の空心は爰に残りこそすれ」。親鸞聖人が関東より帰洛の途次、箱根にて性信を我なき後の関東へ残し、門弟の心を安堵させてくれとの思いを込めて歌われたものと言う。

このことは、聖人の門弟への思いやりと、性信の立場を止揚するものとして語り継がれたようで、後の光照寺の著した『親鸞聖人御遺言法語』などのように、御旧跡寺院と強調するため故意に製作するものも現れた。なお、性信に後事を託されたという記事は、すでに『親鸞聖人御旧跡幷二十四輩記』[27]の報恩寺の項に記載されており、横曽根門徒に伝わる早くからの伝承であろう。

伝承［Ⅲ］「愚老年つもり病に犯され候間追付往生の本意をとぐべく候今は唯極楽の蓮台にて一味の衆中を相待ばかりに候あなかしこあなかしこ」。

これは、消息風の文を真似たものと想像され、「親鸞聖人御消息」第二六通（『末灯抄』第一二通）[28]に、「有阿弥陀仏への御返事」があり、この消息の末尾に、

この身は、いまは、としきはまりて候へば、さだめてさきだちて往生し候はんずれば、浄土にてかならずかならずまちまゐらせ候ふべし。あなかしこ、あなかしこ。

いささか聖人らしくないと指摘される「一味」などの表現を除けば、まったく同趣旨の文言ではなかろうか。聖人の御消息は、門弟間で回覧され書写された。聖人自身のお言葉があったから「御臨末の御書」として流布しても不思議ではなかったはずである。

伝承［Ⅳ］如来寺説。

同寺は、親鸞聖人の門弟「乗然」の開基になると言うものの、寺基が移転しており、真偽を確かめるべくお尋ねしたが返事をいただけなかった。御旧跡寺院であることから、古くからの東国にあった言い伝えが信じられ、「御臨末の御書」が存在するとした噂の根源であったが、何の根拠もないまま、説法の場では一人歩きをしていたようである。

伝承［V］「我なくと法はつきじ和歌の浦に弥陀と衆生のあらんかぎりは」の詠歌。

越後から関東へ向かう別れの時に同行へ与えられた詠歌とする。粟津義圭などの布教使が、絵伝を解説した先輩から聞き学びしたことを唱導の手本として出版されたものに掲載されており、いつからこのような詠歌が詠まれるようになったか不明で、生別の句切りに詠歌を挟んで説明しているものと思われるが、本歌については推定できない。

ここで、親鸞聖人と詠歌について、聖人は詠歌を詠まれなかったとされている。特に専修寺に伝わる聖人自筆の「数名目と十悪」を記した紙片があり、「綺語」の左訓に、「ウタヲヨミイロヘコトハヲイフ」と書き込まれており、聖人が歌を詠まれなかったという推測の一つの理由にあげられている。(29)

親鸞聖人の詠歌について研究された、土井順一龍谷大学教授は、すべて唱導の中から発生したものと考えられると指摘されていた。

伝承［Ⅵ］「我なくと法はつきせじ和歌の浦の蒼生のあらんかぎりは」。詠歌の後半の、「弥陀と衆生」が「蒼生」つまり衆生のみの表現に変わり、それが「あをくさひと」との読みをもって書かれるようになったことで、和歌の浦と何となく海士にかかり、「和歌の浦の片男波の寄せかけ寄せかけ帰らんにおなじ」と、仏として生まれ変わり立ち帰ることのくり返しの表現と符合するようになった。説教の中に「浄土に至る人は必ず還相回向に娑婆へ出てくる」と説かれており、これが詠歌を生じさせる素地であったと考えられる。

伝承［Ⅶ］「我歳きはまりて安養浄土に還帰すといへども和歌の浦の片男波の寄せかけ寄せかけ帰らんに同じ。一人居て喜はば二人とおもふべし、二人寄りて喜はば三人と思ふべし。その一人は親鸞なり」という往還二回向を表す消息風の文言である。「我歳きはまりて安養浄土に還帰す」という文言は、先に述べた御消息の書の書き直し、「和歌の浦の片男波……」は古来からの詠歌が組み込まれ、「一人居て喜はば二人と思ふべし……」は『蓮如上人御一代記聞書』（二〇一）に、信のうへは一人居てよろこぶ法なり、一人居てさへたふときに、まして二人寄合はばいかほどありがたかるべき」とあるように、親鸞聖人のよく使われた同行・同朋を受け継いだ思想が底流にある。布教の現場では、「一人来て二人帰る嬉しさは南無阿弥陀仏を道づれにして」という詠歌があり、ここから人から人へ語り継がれ書き直されたりして融合したように形成されてきたと考えるのは早計であろうか。

伝承［Ⅷ］『聖代老乃手鼓』、『華園文庫』などには、二通または三通の遺書が集められていると考えられるが、一つ一つを見ていくと宛名が違い多少の文言の違いがある。

一般的な伝承では、伝承の箇所が不明で、書写がくり返されて文言は変化し、話し方によっても様々に変化する。後にまた寺伝を故意に似せて作ったものが現れ、混乱に拍車がかかることになる。

しかし、このように伝承を整理してみると、宛名が「西念」と「性信」の二通。「西念」とする伝は「我歳きはまりて……」という文言に「我なくと法は尽まじ和歌の浦……」の詠歌を付し、「性信」とする伝は「愚老年つもり……」に「病む子をば……」の詠歌を付す。御旧跡寺院の興亡等により、現在には前者の伝承が残って来たのであろうと思われる。

むすび

宗祖親鸞聖人の伝記は『御伝鈔』にまとめられ、拝読されたが、大衆には理解が困難であったためか次第に絵伝の絵解きが行われるようになり、伝承の話題を集めて絵解き説法が流行した。談義本が次々と発刊されたのも大衆がそれを望んだからであったが、内容には流言蜚語が多かった。

こうした中で語り継がれた「御臨末の御書」について、親鸞聖人の終焉に立ち会ったり、面会に訪れて遺書を頂戴したものは見あたらず、偽作が伝承されて来たのであろう。

しかし、聖人存命中、自ら「この身は、いまはとしきはまりて候へば、さだめてさきだちて往生し候はんずれば、かならずかならずまちまゐらせ候ふべし」と御消息に明言され、おそらくは聖人の常の仰せであったと思われる。

御消息は回覧され、「いのちあらば上らせたまへ」と面談を望まれた聖人の親密な姿勢により、門弟たちは御消息を書写し、機会があれば聖人の元を訪ねた面授の人たちには念仏の本意が伝わっていた。

聖人亡き後の伝道のありようは、門弟が御在世中の物語をしながら、信心を勧めてきたのが唱導であったから、特に聖人とのお別れの場面は切なく、流罪ののち、越後より関東へと移住される時の同行との別れ、箱根での関東の門弟との別れ、そして今生の別れの場の雰囲気を強調すべく、数々の詠歌が生まれ、そこで「御臨末の御書」も形成されて来たようである。

註

（1）『真宗大辞典』第一巻　岡村周薩編纂　永田文昌堂　一九七二年　六二九頁
（2）『親鸞聖人御一代記』北村四郎兵衛刊　一七七一年　四十三丁
（3）『親鸞聖人箱根御別御物語』西村九郎右ヱ門　一八八三年　三十八丁　翻刻
（4）『親鸞聖人御遺言法語』一名真宗授要続編　西村九郎兵衛　一八八三年　三十五丁
（5）『阿弥陀経説教』（30）二十九丁　（31）四十四丁乙　写本
（6）『親鸞聖人御一代記説教』下巻　法文館・顕道書院　一九〇六年　一七四頁
（7）『親鸞聖人伝』佐々木月樵　無我山房　一九一〇年　三七三頁

(8)『親鸞伝叢書』佐々木月樵編　無我山房　一九一〇年　三一七頁
(9)『真宗故事成語辞典』沼法量・小塚義国編　法藏館　一九一三年　七三五頁
(10)『真宗聖典』浩々洞編　一〇九七頁
(11)『親鸞と茨城』寺崎義雄編　茨城県文化財保存会　一九六二年　六八・六九頁
(12)『御伝鈔演義』第四　栗津義圭　平安書肆　一七七四年　四十二丁乙
(13)『御絵伝教授鈔』下巻八第二段「祖師聖人在国」三丁乙　霊潭　皇都書舗　一七七三年
(14)『御伝縁起指図鈔』親鸞聖人御在国段　一八一二年
(15)『親鸞聖人御化導実記』巻三　京都書肆錦耕堂　一八五八年
(16)『親鸞聖人御一生記絵抄』下　皇都五書堂　一八五九年　六丁
(17)『見真大師御絵伝勧説』巻五　真野大誓　一八八〇年　十九丁乙
(18)『御開山聖人一代記絵鈔』四〇一頁
(19)『聖代老乃手鼓』巻下　隅親子集　一八九一年　二十四丁
(20)「蒼生」書経益稷「あをくさひと」
(21)『華園文庫』愚蔵編　華園御坊　一八四七年　十五丁乙より
(22)『親鸞聖人伝』三九九頁
(23)『通俗絵入親鸞聖人御一代記』三〇八頁
(24)『真宗史稿』山田文昭　破塵閣書房　一九三四年　三三一頁
(25)『御絵伝指示記』(『真宗史料集成』第七巻)四二〇頁下段

(26)『親鸞——その生涯と歴史的背景——』高下恵　百華苑　一九六七年　三九七頁
(27)『親鸞聖人御旧跡幷二十四輩記』是心　一七三一年
(28)『浄土真宗聖典』（註釈版）七八五頁
(29)『高田本山の法義と歴史』平松令三編　同朋舎出版　一九九一年　七九頁

第四章　特異な傾向を示す詠歌

一　詠歌を伴った最初の親鸞聖人伝

越後へ流罪となった親鸞聖人の遺跡に、七不思議が伝わっている。「親鸞が申す念仏がまことならば、剪った竹でも地面に突き刺し、根芽を生ぜよ」と祈られたところ、不思議にも逆さに竹が生えたという伝説があったり、川越の名号に至っては川を越えて名号を書かれたということになったりして、親鸞聖人は、この時期、霊能者のような発言をされたことになっている。

植物の異種・異変はしばしば見聞するが、奇談は、今日的には親鸞聖人らしからぬことではないかと思われるので、その実態は何であったかを知る手がかりがないものかと長年

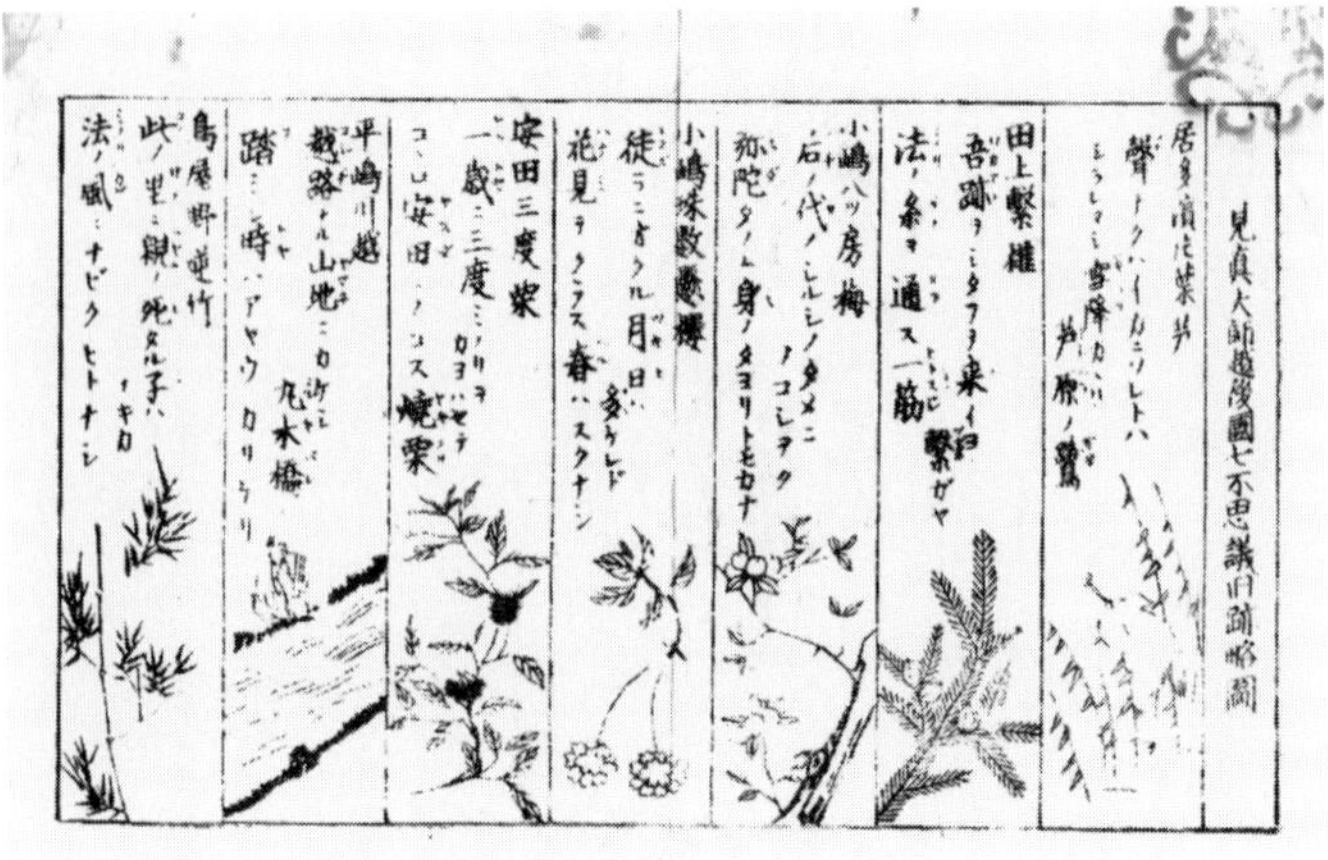

図２　「見真大師越後国七不思議旧跡略図」（専応寺蔵）

資料を求め続けて来たところ、いくつかの伝承が得られた。

その一つは冒頭にあげた「見真大師越後国七不思議旧跡略図」、「北越之聖跡図」と古浄瑠璃「よこぞねの平太郎」『御伝絵照蒙記』の記述である。

二　越後七不思議と詠歌

「見真大師越後国七不思議旧跡略図」(1)には、次のような七不思議にまつわる詠歌が記されている。

1、居多浜片葉芦

声なくばいかにそれとはしられまし雪ふり
かかる芦原の鷺

2、田上繋ぎ榧
吾が跡をしたふて来いよ繋ぎがや法の糸を通す一筋
3、小嶋　八房の梅
後の代のしるしのためにのこしおく弥陀たのむ身のたよりともがな
4、小嶋の数珠懸の桜
徒らにおくる月日は多けれど花見てくらす春はすくなし
5、安田三度栗
一歳に三度みのりをかよはせてこころ安田にのこす焼き栗
6、平嶋川越の名号
越路なる山地にかけし丸木橋踏みし時はあやうかりけり
7、鳥屋野の逆さ竹
此の里に親の死したる子はなきか法の風になびくひとなし

七不思議の項目と詠歌をあげて、その意味を探ろうとし解説を試みましたが、誤解を生ずるおそれがありましたのでこのような不思議談があったことのみとします。

なお、このうち、光隆寺知空師の『御伝絵照蒙記』(2)には、「逆さ竹」の註に、中国の伝説に起因するのではないかと書いておられる。

昔、寇準《こうじゅん》という人がいた。皇帝に気に入られて強硬な意見を箴言していたが、突然流罪となった。流罪の途中で、皇帝に進言したことが誤解されたのではないかと考えた寇準は、こんな場合どうするかを考えた。

昔から竹を切って地面に突き刺して証明を乞う風習があり、切った竹であっても根が生え、芽が出るとか言う。寇準は自分の言ったことが皇帝に逆らったことによるかどうか証明したまえといって竹を切って地面に差し込んだところ、根芽を生じ、皇帝はその後流罪を解いたという話が書いてある。これは、誤解を受けた時の憂さ晴らしかもしれないが、中国の昔からの伝説に基づいていることは明らかで、誰かがこういう話を、親鸞聖人の流罪が誤解だったという説明に使ったことに始まるのではないかと思われる。談義本の解説書には、中国の先例によって解説されていることが多く、光隆寺知空師の指摘は重要と考えるので、その根拠を示しておく。

『御伝絵照蒙記』の下一、「逆さ竹」の項の頭注に次のようにある。

宋の寇準《こうじゅん》、雷州に貶す、翠嶺を過ぎる時、竹を剪り神祠の前にさして、祝して曰わく、準が心朝廷に負い目あれば此の竹生ぜず、もし朝廷にそむかざればこの枯れ竹再

生す。『日記故事』(3) の四に出たり。（『中国歴史文化事典』(4) 寇・準の項参照）

三　古浄瑠璃「よこぞねの平太郎」

古典文庫『親鸞文学集』に収載された古浄瑠璃「よこぞねの平太郎」の第五に、老嫗が親鸞聖人に焼き栗を馳走したところ、翌朝焼き栗が発芽し、名号を所望したので対岸から書き与えた川越の名号の話が掲載されている。

第五　上人きらく丼しゆうしはんじやうの事

越後の柿崎に着いて一夜の宿を借り、夜更けに親鸞聖人から語りかけて法談をなさったことになっており、

御ねんぶつを、よもすがらしめしたまへは、ふうふともに、こころをほつきとおり、ありがたの御事やと、かんるいをながし、うばあまりのうれしさに、ちやうたいにいり、やきたるくりをだいにつみ、上人の御まへにささげ、かくありがたき御そうさまともぞんぜず、よひにはつれなくあたり申せし事、まつひらゆるさせたまへ、せめてかやうなものなりともきこしめされ、御つれ〴〵をはらしたまへと、さま〴〵にもて

なしける、上人なのめにおほしめし、御手にとりあげたまひ、我此国にふつほうをひろめ、いよいよはんじやうせは、このやきぐり二とせうじいづべしと、ていぜんになげ給ひ、すでにそのよもあけゆけば、いとま申してさらばとて、いでさせ給へは、ふうふもろ共、はるかにおくり奉り、そのとき上人とりあへずかくばかり、かきざきにしぶ〳〵なからやどとれは、あるしのこころやじゆくしなりけり、とかやうにつらねたまひつゝ、都をさしてのぼらるゝ、ふしぎや、しやうにんのなげさせたまふやきぐりか、一やのうちにしゆつしやうし、えだをたれ、はをならべ、ふうふのもの共おどろき、それくわんをんのちかひには、かれたる木にもはなさくとは申せとも、なのみきひて、めにはみず、ありがたや、御そう、やきたるくりを二どしゆつしやうなしたまふは、これぞまことのいきによらいや、…（中略）…みようごうをかきてえさせん、かわをこさんもたいきなれば、なにともそれにてひかへよとのたまへは、おりふしりやうしもあらされば、うばかつきしてぬくいをひろけ、めよりながくさしあげ、上人ふでをとりたまひ、川をへだててなむあみだぶつとかきたまへば、…（後略）

要約すれば、親鸞聖人は、出された焼き栗を手に取りあげ、この我国に仏法を広め、繁盛するならば、焼き栗でも二度芽を出せよと庭前に焼き栗を投げられた。夜も明け出発に際して聖人が、「かきざきに、しぶ〳〵なからやどとれば、あるしのこゝろや、じゆくしなりけり」と詠歌を詠まれた。不思議なことに、聖人が投げられた焼き栗が、一夜のうちに出生し、枝を垂れ、葉を並べていた。夫婦は驚き、観音の誓いには、枯れたる木に花咲くとは言うが、名のみ聞いて目には見ず、ありがたや、御僧、焼きたる栗を二度出生されるとは、まことの生き如来や……。

解題には、「談義僧によって流布している親鸞俗伝を、当時の浄瑠璃作家が筆力にまかせ、多少の修飾を加えて書き上げたものと見るを至当とすべきかとおもわれる」と記される。

また、「浄土さんだん記并おはら問答」の第四にも、柿崎での焼き栗出生の奇瑞、川越の名号の不思議を載せていることを見ると、戯曲の中の不思議談であり、宙を飛んで書を書くという離れ業、いわゆる奇談であったことも納得できる。

詠歌「柿崎に……」についても、古浄瑠璃に取り込まれていたことも判明し、詠歌が物語の一部として伝承されたことを示している。

また、「よこぞねの平太郎」との題と、「しんふつ上人ひたちにくだり、よこぞねのてらにて、ふつほうをひろめたまふ、いまむりやうじゆじこれなり」とあって、これらの伝承

図３　「北越之聖跡図」文如上人筆（専応寺蔵）

が横曽根門徒に伝わるものであると明らかにされていることも、参考となった。

四　「北越之聖跡図」について

拙寺に伝わる「北越之聖跡図」(5)は、本願寺第十八代、文如上人の真筆、北越の焼き栗・逆さ竹・八房梅・桜・榧そして名号碑だろうかを描かれ、讃に、「末の世の法のさかへをうつしえに今にかしこき跡をこそみれ」と書かれている。讃の文言を読めば、宗旨の繁盛を述べてあり、古浄瑠璃の記述と一致することと。更に、文如上人の御往生が寛政十一年（一七九九）で、談義僧であった粟津義圭も同じ年に亡くなっていることから、同じ江戸時代の風潮を表していることが判明し、資料に加えた。

柿崎にての詠歌に若干の異同があることを認《したた》めておく。

柿崎にしぶしぶながらやどとればあるじのこころやじゅくしなりけり

註

(1)「見真大師越後国七不思議旧跡略図」

(2)『御伝絵照蒙記』下一、二　知空　一六六三年

(3) 宋『日記故事』便民圖纂　鄭振鐸編　上海古籍出版社　一九八八年

(4)『中国歴史文化事典』孟慶遠編　新潮社　一九九八年

(5)「北越之聖跡図」文如上人筆

五　親鸞聖人伝の奇瑞談について

親鸞聖人伝について語られた内容の一つ、越後七不思議の中に、杖を地に挿し根芽を生

じ逆さ竹になったとか、焼いた栗が芽を出した、梅干しの種から八房の梅が生えた、干し柿の種から芽を出したなどの通常はありえない不思議談がある。これらがインド・中国の故事より引用したのではないかと思われる事項について調査したところ、『御伝絵照蒙記』の註において、中国宋時代に寇準という人があり、皇帝に反逆したとして流罪に処せられて流罪先に赴く途次に、我が志が皇帝に忠節を尽くしていたかどうかを占うために、竹を剪って地に突きさし、根芽を生じれば誤解であったと証明されるとした、古来からの占いを行ったところ、果たして剪った竹に根芽が生じ、冤罪であることが証明されたとある。

親鸞伝について語られたものについて、一々どこから引用したかについては、どれも語られることはないが、親鸞聖人がどういう罪で流罪になられたかについては、語られず、厳しい寒さの中で伝道されたと語るのみである。中国からの先例を求めて伝承を引用して、聴衆に説明してきたようにも思われる。

剪った竹を杖にする例は多くあろうけれども、竹を地面に突きさし根芽を生じさせるなど、焼いた栗から芽を出したなどの不思議談は、非科学的な話で、今日では通用しない話であるため、越後七不思議として語られる、梅干しから芽が出たとか、干し柿の種から芽が出たという再生談については霊験談としても使い辛いものではなかろうか。

しかし、法然教団の一向専修の念仏集団が、流罪や死罪を適用され、念仏停止の令が出されて、いったんは伝道が途絶えたことになったものが、門弟達によって復活されたことによって、生き返ったのが念仏集団であるととらえると、剪った竹が復活したことになるのと同様、梅干しも、干し柿も、焼き栗も、親鸞聖人の行動すべてが復活のシンボルとも受け止められることになる。仏教も一旦途絶えたものが、大乗仏教として、復興するためには、仏弟子である羅漢・菩薩などの活躍があること、七高僧などのお蔭で念仏が伝えられてきたのだから、その復興の絆となったお蔭があったとして見るとき、高僧の事跡の中から影響を受けたのではないかと、唱導の歴史を調べてみたりするのであるが、直接かかわりのある事例にはであうことはなかった。しかし、次にあげる『法顕伝』に出るインド紀行の中に見えるいくつかの伝承は、さまざまな経路を経て回り回って例話として伝わっているのではないかと思われるのである。

『法顕伝』より①　楊子が成長して木になった話

法顕が、カニウジ城に到り、ガンジス川の北岸に仏が諸弟子のために説法した所がある。

仏はここで無常・苦を説き、身は泡沫の如しなどと説法したという。ガンジス川を渡り、沙祇大国に到る。沙祇城の南門に出ると、道の東に仏がもとここで楊子を噛み土中に刺した処がある。楊子はそのまま成長して、高さ七尺となり、それ以上高くも低くもならない。もろもろの外道やバラモンが嫉妬して、あるいは切りあるいは抜いて遠くに捨てるが、その場所にまた続いて生えてこのようになる。ここにも四仏が経行して座りたもうた処があり、それぞれに塔を建てたが、もとのまま立っている。

『法顕伝』より② 盲人の杖が林になった

コーサラ国、祇園精舎に到り、精舎の西北四里に榛（はしばみ）の木の林があり、得眼となづけている。むかし、五〇〇人の盲人がおり、精舎に身を寄せて住んでいた。仏はこの人々に法を説かれ、これによって人々はまたことごとく眼を得た。盲人は歓喜して杖を地に突きさし、頭面で礼をした。杖はそのまま生えて長大となった。世の人々もこれを重んじてあえて切る人もなかったので、おのずと成長して、榛となったのである。このようなことから、この榛は、得眼と呼ばれている。祇園精舎の衆僧は中食後、多くの人がこの榛の林の中に行って座禅している。

『法顕伝』より③　貝多羅樹を切って根芽を生じさせる

ブッダガヤにおいては、アショーカ王の話題として、王はいつも貝多羅樹のしたにおられますと群臣が夫人に答えた。夫人は王の不在の時をうかがって、人をやってその木を切り倒させた。諸臣がしばらく水を樹にそそぎ、ようやく蘇った。王は瓶に入れた牛乳をその樹根にそそいだ。王は五体を地に投げ、「もしこの樹が生きなければ、私は二度と立ち上がらぬ」と誓った。この誓いをすると、すぐさま根が地中から上がって、樹が生じ、今に至るまで樹齢が続いている。今この樹の高さは十丈たらずである。

これらの行跡は、最初の例の如く、無常・苦を説き、身は泡沫の如しと、釈尊が話されたことに始まり、徐々にみ仏の教えが地元に根付いたということを伝えている。

法然上人の一門の専修念仏教団は、念仏停止により、死罪や流罪を蒙り、禁止されて、一時は根絶やしにされてしまった法門であるが、親鸞聖人が、『教行信証』を制作されて、法然上人の真意を伝えようとなさったことなど、一門の門弟によって再興せられ、民衆のうちに根付いてきた経過を見るとき、即座には奇瑞はおこらなかったけれども、無常のことわり、はらからの死に目にであって、薬として仏教が語られ続けたことにより、そこに詠歌が付されている如く、「この里に親の死したる子はなきかみ法の風になびく人なし」。

これが親鸞聖人の言葉となって染み渡っていったのではないか。劇的な転換ではなく、如来からのはたらきかけによる教化が実を結んだ結果であろう。なかなか聴聞の席に足を運ばない人々に対する、僧たちのいらだちも反映されている詠歌であるようにも思える。

参考文献

『法顕伝・宋雲行紀』長沢和俊訳注　平凡社　東洋文庫　一九七一年　一七版

後日談　蓮如上人のこころ

蓮如上人が『御文章』の解説に用いられていたと思われる無常の詠歌の淵源は漢詩にありはしないかと思われていた。

劉希夷の「代悲白頭翁」は「年々歳々、花相似たり　歳々年々、人同じからず」で有名であるが、詩の全体像として、「洛陽の都に咲く桃李の花も束の間に散り、乙女の容色も落花の如く顔色は改まる。世の人も移り変わり花は散ってもまた開くが人は衰えてゆくのみ。老翁の悲哀を憐れむべし」とあり、『御文章』にある、「紅顔空しく変じて桃李のよそおいを失いぬる時は」などの表現は、蓮如上人の漢詩の知識が豊富であられたとも推察してみたりする。あるいはまた、中国後漢の「古詩十九首」に人生の短さの歎きがあって、「亡き人は千年の時を経ても目覚めはしない。時は移り変われど人の命は朝露のようにはかなく消え、一生は仮の宿、寿命はこわれ易い、万年も前から人は代わる代わる生死を繰り返して来た」と表している。

遠くの事例として漢詩を参考にして無常のことわりを読んでみたが、近くのお話しとして、人の心をずばりと言い当てたことばと思い当たったのが、お伽噺『羅生門』の中にあった。

『羅生門』は、渡辺綱の鬼退治、鬼の腕を切り取り、武勇伝であったと思っていたが、後日談があって、切られた腕を鬼が取り戻しに来た。私は摂津渡辺の叔母と名乗る老婆が綱の屋敷に現れ、「どうもわたしはあしたまで逗留することは出来ないよ。年を取ってはあすも知れぬ命だ。しかたがないからあきらめよう」といいました。綱は気の毒に思いました。そこで、「それなら叔母さんにだけちょっとお目にかけましょう」と叔母さんの前に切り取った鬼の腕の箱のふたをあけました。鬼はそのとたん腕を取って逃げて行った。

後日談として、親戚の叔母と名乗って安心させ、年寄りで明日をも知れぬ命と、無常を強調し、あきらめたような言葉で押したり引いたり、相手を油断させておいて腕を奪い返す、鮮やかな手段を用いている。

『蓮如上人御一代記聞書』（本）一〇二条に、「よろづにつけて油断あるまじきことと存じ候へのよし……仏法には明日と申すことあるまじく候ふ」とあった。世の中は無常なるが故に、信心もなくて、うかうかと過ぎないように、「仏法のことはいそげいそげと仰せられ候ふなり」と。

蓮如上人の信条とされたことを、平たく言えば、人間の陥りがちな、懈怠・自慢・驕慢の煩悩が、他人を傷つけ、あなどる、浅ましい生き方につながることを示されたと受け止める。お伽噺の中の、輝くことばに、はっとさせられた私があった。『御文章』には、素晴らしい文体をもって、人々を目覚めさせるはたらきがあり、書き込まれた詠歌はよりわかりやすい説法への糸口となった。

初出一覧

総説　親鸞聖人出家得度時の詠歌
書き下ろし

第一章　親鸞聖人と詠歌
共同研究「親鸞聖人伝の注釈書の研究（二）」『龍谷大学仏教文化研究所紀要』第三八集（一九九九年）

第二章　新展開　蓮如上人の詠歌と諸伝
書き下ろし

第三章　親鸞聖人の伝承――「親鸞聖人御臨末の御書」についての一考察
「親鸞聖人の伝承――「親鸞聖人御臨末の御書」についての一考察――」『真宗研究』第四七輯（二〇〇三年）

第四章　特異な傾向を示す詠歌
書き下ろし
後日談　蓮如上人のこころ
書き下ろし

図４　「御絵伝」出家学道の段（専応寺蔵）

あとがき

上図は、親鸞聖人が出家得度に至る青蓮院の門前風景。
門前が賑やかで門内はひっそり何もなし。
出家がさみしく無常に見える。
門前の満開の桜も春の嵐に一変する。

人生無常の世界に悲しみに沈むことなく、
蓮如上人は法文歌を用いて、
み仏とともに生き、苦を乗り越えていく、
信心を勧められた。

龍谷大学仏教文化研究所の共同研究、「親鸞聖人伝の注釈書の研究」主任を務められた故土井順一教授へのご報告のため、「親鸞聖人出家得度時の無常詠歌の謎」の出版に際し、龍谷大学名誉教授林智康先生の強力な推せんをいただき、法藏館のご協力を得て出版に至りましたことは大慶に存じます。特にコロナ禍の中で校正に携わっていたゞいた方々に深謝申上げます。

令和五年（二〇二三）八月

中路孝信

中路孝信（なかじ　こうしん）

昭和10年（1935）９月24日、滋賀県高島市徳善寺に生まれる。

龍谷大学文学部仏教学科卒。

滋賀県事務吏員。

浄土真宗本願寺派　専応寺住職。

龍谷大学仏教文化研究所客員研究員。

真宗連合学会元会員。

瑞門会長。

論文　　共同研究「親鸞聖人伝の注釈書の研究（二）」『龍谷大学仏教文化研究所研究紀要』第38集（1999年）、「親鸞聖人の伝承――「親鸞聖人御臨末の御書」についての一考察」『真宗研究』第47輯（2003年）、「親鸞聖人出家得度時の詠歌の形成」『日本浄土教の諸問題――浅井成海先生古稀記念論集』永田文昌堂（2011年）。

親鸞聖人出家得度時の無常詠歌の謎

二〇二三年九月二〇日　初版第一刷発行

著　者　中路孝信

発行者　西村明高

発行所　株式会社　法藏館
京都市下京区正面通烏丸東入
郵便番号　六〇〇‐八一五三
電話　〇七五‐三四三‐〇〇三〇（編集）
〇七五‐三四三‐五六五六（営業）

装幀　野田和浩
印刷　立生株式会社　製本　山崎紙工株式会社

ISBN 978-4-8318-8783-2 C0015

親鸞聖人　御絵伝　＊Ａ４判オールカラー　福田正朗編著　五〇〇円

親鸞聖人　御絵伝を読み解く　絵解台本付　沙加戸弘著　三、〇〇〇円

親鸞の伝承と史実　関東に伝わる聖人像　今井雅晴著　二、〇〇〇円

親鸞伝の史実と伝承　草野顕之著　一、九〇〇円

親鸞聖人のことば　村上速水・内藤知康著　一、四五六円

新装版　親鸞の人生観　教行信証真仏弟子章　金子大榮著　一、八〇〇円

法藏館　価格税別